U0033025

世界太精采，請你趕快站出來

30世代的勇氣與挑戰

路怡珍 ——— 著

香港 HONG KONG
跟著不停地轉動,發現另一種冒險的節奏

紐約 NEW YORK
最性感的未來都在這裡發生了

CONTENTS

我們的世代，前所未見——
大膽走出去，世界走進來

　　今天台灣的天空很灰色。判斷經濟的股市與房市兩大重要指標正大幅衰退；就業市場上，青年失業率不斷攀高，卻有近六成台灣雇主認爲「徵才困難」，薪資的結構問題，讓人才出走，「什麼時候才能回去？」變成一個難以提問又難以回答的問題。

台灣什麼時候變成了這樣的地方？

　　時間拉回將近 40 年前，「爲了台灣，你們只許成功，不許失敗，」時任行政院長的孫運璿，對即將赴美的年輕團隊訓勉。他們是一批不到三十歲年輕人，爲了台灣產業轉型，拚命將美國技術移轉回工研院，建立新竹科學園區，後續的連鎖效應把台灣塑造成世界半導體強

國。這些不到三十歲的人，是讓台灣奠定國際地位的功臣。那一年，也許你我還沒出生，但因為他們遺留下來的功績，我們能享受現在生活的富裕與安穩。

我們在沒有力氣之前，也可以留下這樣的神話嗎？

今年，台灣大學主辦的全球集思論壇，在「李遠哲×蔡英文」的閉幕對談活動中精采結束了，來自27個國家、近三百位國內外同學參與的論壇，全程活動用英文進行，國家代表經過甄選，活動課程經過縝密設計，正式活動只有7天，這是台大學生用了整整一年的時間籌備成果。論壇的主視覺是一隻蝴蝶，期待國際青年聚集台灣，針對全球性議題的討論，將台灣帶入全球資訊流動的網絡，發揮蝴蝶效應，進而影響世界。這些促成談話、溝通、團隊、友誼的年輕學生，是台灣與世界接軌的功臣。

我們可以嗎？我們應該要可以。

我們在這裡努力著，希望被全世界看見

我們應該可以創造出屬於我們世代的故事，找出這一世代該有的榜樣與價值，30年後，有人紀念屬於我們的動人時代。因此，這本書是一個嘗試，大膽走出去，讓世界走進來。在台北、香港、北京、紐約四座城市的每一次交流和工作碰撞中，我看到了四種不同的產業氣氛，看到每座城市可以借鏡學習的長處；看到不同類型的經緯刻度中，台灣該有和將來可能有的位置。

我們不是零缺點，但是我們非常有理由自豪。

三十世代最有冒險與失敗的本錢，最有資格往外走：學習、取經、發展想法、熱愛生命。可是如果害怕和懈怠，不走這一遭，就不會知道台灣的珍貴與美好。我們當然可以停在原地，做完全沒有風險的事情，但有的時候，最大的風險，就是什麼都不做。不解決也是一種解決——但那是最壞的解決，讓機會喪失殆盡。

對我自己來說，最大的恐懼，並不是來自於死亡，也

世界太精采，請你趕快站出來

不是來自於財富或名氣的匱乏；我最大的恐懼是，當我年過中年，一個平凡的早晨，我睜開雙眼，發現自己忽然就庸庸碌碌平凡的過了一生，變成一個自大自私而且無趣的人，留下一具空空的白……

我想像和勾勒的時代，應該要更無畏、更積極、更有態度與作為。

當然，每一次離開熟悉溫柔的家，面對別人質疑的眼光，面對國際激烈的競爭，真的很困難，但一旦克服之後，呼吸是飽滿完整、心靈是自由，覺得人生充滿了熱情和希望。我無法想像身邊如果沒有夥伴和朋友給我勇氣，將如何走到今天，而我正在拿出這些我曾被賦予的勇氣和信賴，跟你分享這四座城市的年輕故事，裡面有我、也有你，有三十世代面對的挑戰與困難，更有他們克服挑戰的光榮面貌。

30°

PART 1

我們在這裡努力著，希望被全世界看見

台灣，30世代，
美麗不少，哀愁更多

比起上個世代，我們能動力強，
不斷尋找定義自己的機會，
卻越找越茫然，卻步地望著台灣以外的世界，
最年輕的人，生活在一塊最適合退休的地方……

寫這篇文章時，台北氣溫低而濕氣重，我剛播完新聞下來，一邊整理稿子，一邊從臉書訊息上，看到跟我一起從小長大的朋友們，有人剛在維也納發表完大提琴獨奏會、有人從蒙古做完固沙志工正準備回到台灣、有人在北京，幫時尚雜誌封面修李冰冰的第218張照片、還有人為了圓導演夢，泡下今天的第二碗泡麵，好節省一些開銷來拍電影：那是一碗統一肉燥麵，有我們熟悉的藍色包裝，還有我們習慣的廚房的味道……

這些，都是我當年一起長大、一起戴帽子排路隊回家、一起第一次看五月天演場會的朋友。坐在教室的那幾年，其實好像不是太久以前，髮型和衣服明明全部都一個樣，還分不出來誰是誰，究竟從哪個時間點開始，生活有這麼大的分岔？

生活際遇不同，連講的語言都不再一樣，唯一一個把我們牽繫起來的共同點，就是我們都是出生於台灣、生長在台灣、永遠把台灣當成家的30世代年輕人。我們是那種在張懸拿起巨幅國旗時，內心砰砰跳地震耳欲聾；

我們在這裡努力著，希望被全世界看見

而在被甘比亞斷交時，會再默默把台灣邦交國複習一遍的年輕人。

　　跟上一代年輕人相比，我們足跡走得更遠：19歲第一次在曼徹斯特看到足球賽、22歲生日剛好到了曼谷最潮的夜店、email裡來自波蘭或香港的朋友互相傳的同一個好笑的YouTube連結；在《享受吧！一個人的旅行》中文版尚未問市之前，我們便迫不及待用Kindle電子閱讀器看英文版的《Eat, Pray, Love》；在風行網上搜尋《The Voice》《紙牌屋》和《中國好聲音》；如果有幾分閒錢，腦中浮現的享樂方法，從峇厘島按摩、韓國東大門血拚到紐西蘭高空彈跳……等，都在願望清單。

　　我們說台語、英語和剛剛學來的北京腔，書寫時繁體和簡體有時候混著用，真的寫不出字的時候會用注音想辦法拼出來；我們瘋的周杰倫在R&B裡融合著中國古典樂，第一次聽演唱會的主角五月天，在英國BBC作了專訪，被譽為「華人披頭四」──快要30歲，我們的世代，靈活而不斷游移，快速多變，追求自我的自由。

世界太精采，請你趕快站出來

* * *

　　20 幾歲的十年，我們能動力強，不斷在職場上尋找定義自己的機會：轉換生活的城市，改換人際相處的姿態，改變專業跑道，改變情人……在還是 20 幾歲的時候，這些變動發生得都很自然，因為成本不高，報酬卻很豐厚。只是，忽然在某個不可考的一瞬間，盤據心思的念頭，一下從種種不同的抱負、野心、熱望，轉變成一個又一個，能具體表述出來的憂愁：

　　「感覺前途沒有方向感，不知道努力會不會有成果，很灰心。」

　　「完全不知道自己的生活在三至五年之後會變成什麼模樣。」

　　「產業衰退狀況嚴重，職位上做著做著很無力。」

　　「煩惱事業和感情，這個世代要兼顧兩者越來越難。」

　　「頭上是一群和時代脫鉤的政客，輪到我們當家還要幫他們接爛攤子。」

「財務狀況穩定不下來，無法結婚。」

「不知道要如何擁有一個有意義的生活。」

問這些當年一起戴帽子、排路隊回家的朋友，繞了一圈，說來說去，在快要逼近30歲的此時此刻，我們的煩惱有個通同性：對於未來的一大團茫然。全世界的年輕人都這麼茫然嗎？我們深夜酒吧相聚的時候，有這個想問又不敢問的問題。

我又想到了，剛剛播到的新聞，2015的6月台灣的失業率為3.71%，15年來同月最高，而薪資水準，在扣除物價漲幅之後，回到了民國87年的水準：剛好，那一年，我們國小快畢業，每個人看起來都跟每個人長得一模一樣。當時的我們，知道接下來我們面對的生活挑戰，會這麼嚴峻嗎？

這跟在新加坡、在北京、甚至曼谷的年輕人好像不太一樣。在北京，你如果抓到一個剛從北大畢業的年輕人，問他未來十年他的人生會發生什麼事，至少在回答的那一刻，那個北大學生，百分百相信自己會開出一間

可能已經跟在家裡客廳的時間差不多了。殊不知，生活在台灣時，目光放在地球儀的另外一端，但好不容易到了異地，又會難為情地頻頻想起家鄉。這一瞬間，我們記得了外面的好，另一瞬間，我們又記起了外面的不好：生活永遠在他方。台灣轉變成一座圍城：裡頭的人想出來，外面的人想進去。兩邊的人，都不快樂。矛盾互相傾軋，學校沒有教這是什麼「感覺」、每個聯考機器並沒有被訓練如何應對這種情況，30 歲的我們，太多問號，變得敏感纖細而不敢言說。於是在迷惑和沒有方向感的生活下，轉而追求小確幸。常常忘我地討論一集《康熙來了》，或是咖啡的溫度，或是檸檬與糖的比例，畢竟龐大的茫然與焦慮並不好征服，小確幸容易掌握多了。最年輕的人，生活在一塊最適合退休的地方。

　　不敢言說，這個代價是：30 歲的我們，聲音雜亂但沒有信仰和論述，沒有前後文，也沒有對照組；代價是，屬於台灣年輕世代的個性，那些我們引以為傲的開放的能動力，逐漸顯得輕薄、散漫而失重。而年輕族群一旦

世界太精采，請你趕快站出來

遭到攻擊，心理焦躁感越大，八卦漫罵和批評的聲音就越大，惡性循環，雪球越滾越髒。當想及，現在30世代的年輕人，心中有著這麼多無法解釋、可能一時之間也無法解釋的矛盾情緒，那接下來台灣的面貌，究竟會變成什麼模樣？如果再去比較，在新加坡、曼谷、北京的這一世代的年輕人，跟我們一樣年紀，卻帶著他們的篤定、樂觀、和信心繼續成長，那他們帶領起來的國家與城市，又會和台灣形成多大差距呢……我們心慌著面對向前來的劇烈挑戰，我們憂心哀愁。

　　但同一時間，問題其實是一個立體的球面，不是「台灣vs.世界」的兩極，而是「把世界帶來台灣，並從台灣看到世界」。無論是政府或是民間，都做了許多努力——有20歲的年輕男子在柴可夫斯基小提琴音樂大賽中奪牌，得主感謝一直低調贊助他的企業；觀光局邀請男神木村拓哉來台拍攝觀光影片，當世界頂級設計雜誌《Monocle》推出的時候，政府就曾經安排他們和台灣接軌，專文介紹台灣的人文、景色、美食。

說到紊亂的媒體現象，天下雜誌財經記者創辦的《換日線 Crossing》，集結海外有著豐沛故事的才子佳人，聊生活、聊價值、聊國外工作選擇除了 MBA 和外商總經理，還有什麼別的。有人從哲學系畢業一路做到了國際銀行副總、哈佛高材生不當醫生而到了紐約麥肯錫打拚公共政策，只因為他心中想著台灣、想回台灣找防疫和健保補救。我們都是媒體人，我們都在一個被抨擊弱智的生態圈下日復日工作，理當對這個環境更喪志、更悲觀，但悲觀很容易，「做些什麼」是一個更難的選擇。

　　這樣的例子，我還可以再講出 10 個、20 個……台灣就是這樣，可能所有的藝人都去中國大陸做實境節目了（也把髮妝師帶去了），但空閒的時候，一定還是在聊台灣的好，一定還在想念著台灣。想起台灣的美麗，同時想起台灣的哀愁。大家同時都沒有放棄，都正在找美麗與哀愁的解答。

　　包括我，我的朋友、同儕，都快要 30 歲了，馬上台灣就是我們要負責的。我看著你、你們、身邊的每一個

人：結婚、升遷、照顧家人、發展事業，重心千千百百種，唯一一種不變的，就是我們愛這片讓我們長大的土地，心裡知道她的好沒有人能替代。這片土地把我們養大，而我們每一個人，都有責任，做些比自己還更重要的事。

「你跟你的事業一樣偉大；跟你的夢想一樣年輕」，我們一起做些什麼。

我們在這裡努力著，希望被全世界看見

魚在水中游，對台灣來說，「水」是什麼？

一隻年長的金魚和兩隻年輕的金魚問好，
並隨口問候今天的水怎麼樣。
年長金魚游開之後，其中一隻回頭狐疑地咕噥了一句：
「他剛剛說的『水』是什麼東西？」

誇張點來說，香港人用生命愛台灣。

有香港朋友舉家來台灣創業，有人的夢想就是能在台灣的山野間開一家咖啡廳。不過，每次一和香港人聚會吃飯，我被問到「下個月要到台灣，有哪裡好玩的？」我都有點談不上來。

因為論夜生活，香港中環那條雲咸街，很像有20間奢華夜店一口氣全連在一起；座落在銅鑼灣有好幾棟樓，每層都像有一間時髦的酒吧；集結在金鐘的酒店，裡頭每個角落都精緻無比。這種生活，香港人看很多了。論藝文氣息，華山和松菸的展覽全加起來，也不到灣仔國際會展中心的其中一樓。香港灣仔會展中心有11個大型展覽廳，兩萬多坪走都走不完；大大小小展覽空間，編號已經排到400多號了，每年固定的國際拍賣、演唱會、設計研討會、影視投資會議，平均一個月一場，吸引全世界的專業人士。

論天然景觀，香港依山傍海，週末爬山或乘船半小時出海，是所有在香港生活的人都體驗過的休閒生活。所

以到台灣可以去哪裡玩呢？我的答案總是很模糊，只能說：「台灣很舒服，不需要特別去什麼地方，什麼地方都很溫馨親切。」

這其實是個說了等於沒說的答案。支支吾吾。

* * *

前幾天，我到誠品聽了一位影像工作者的分享講座，忽然，想法有了改變。我覺得，或許我們沒有辦法花三秒的時間，講出一個台灣美好的地點，但是我可以花三個小時說出台灣的優點，不是單一一個地點，而是一種社會的氣氛。這個講座是我們熟悉的蘇打綠〈小情歌〉、蔡依林〈大藝術家〉的 MV 導演——陳奕仁主講的分享會。前年他才剛剛以五月天的〈乾杯〉MV 拿下金曲獎最佳音樂錄影帶。

陳奕仁用最早期的作品《雙工人》開場，那是記錄在大城市，必須兼兩份工才能兼顧生存和興趣的人物心聲

的作品。樸素的鏡頭加上草根的文字搭配,他抨擊國家體制往資本那方嚴重傾斜,小人物在生活夾縫中越趨無力,而警隊法令制度僵化,讓掙扎前進的小老百姓,走了一步再退十步。

一部甩了國家機器一巴掌的紀錄片,片長 11 分鐘,但國家公共電視給了他資助和展出空間,給他肯定的光環:影片 2003 年代表台灣到德國柏林展出。

《雙工人》之後,陳奕仁接了 2004 年籃球天王喬丹來台宣傳的紀錄片拍攝工作。這一刻,他忽然成了他自己鏡頭曾抨擊過的制度環節,在資本滾輪中,重力加速度地販賣商品、形象、人氣。那年在台灣運動行銷史上是黑暗的一年。「喬丹 90 秒快閃」引發輿論發瘋似的批評,從品牌、活動公關,到公平會當時全都學了寶貴的教訓。資本世界邏輯清晰並不代表友善,公關操作一蹋糊塗的當年,對陳奕仁來說,也是事業上瓶頸的一年。

後來他轉而拍攝 MV。初試啼聲,MV 主角找來當年地下到不行的樂團「濁水溪公社」。一首〈歡喜渡慈

航〉，揉雜大量性暗示於台灣本土元素，例如黃曆、起乩、補習等，影像風格強烈，用了比情色更重的顏色，那是反叛的黑色。MV沒有大眾口味的起承轉合，年輕人可能看不習慣，年長一輩可能看了大皺眉頭。但是同年，這部MV獲得行政院新聞局國家影視獎項的肯定。

在他的影像和經歷中，我們看見他自己，同時也看見台灣社會的多元及能動。

影像拍得優劣與否，這是見仁見智的主觀問題。但影像能不能牢牢留在觀看者的腦中，還牽引出多重詮釋，這是顯而易見的。我想再過許多年，我們都還記得〈小情歌〉的動畫、記得〈歡喜渡慈航〉的黑色幽默。而看看2013年出爐的金曲獎流行音樂類入圍名單中，六部入圍最佳音樂錄影帶獎的作品，陳奕仁就占了入圍名額的一半。五月天的〈乾杯〉、蕭亞軒的〈Super Girl愛無畏〉和蔡依林的〈大藝術家〉三首MV，執導的都是他。

《天下雜誌》做過他的長篇深度報導，標題是〈鐵工之子，拍出華人音樂美學〉。言下之意，我們跨時代的

世界太精采，請你趕快站出來

音樂影像美學，是被一個從平凡家庭生長出來的鬼才導演所定義……

我們看到他的那一天，是個再尋常不過的週三夜晚，他身上穿黑色帽T，有些龐克野性，講時下流行的笑話，用大家都熟悉的語言聊音樂和影像之間的關連。他沒有架子，就像是一個東區街頭上可以看到的年輕男生。

* * *

香港人來台灣追求的是視覺和酒精的刺激嗎？還是風光明媚的自然景觀？這些原因當然都有，但我想，這從來不是最核心的原因。香港人來台灣是在看各式各樣的空間：階級反轉的空間、批判國家的空間、自由創作的空間、商業反思的空間、另類藝術的空間。這是他們在高壓的日常生活中鮮少體驗的；也是台灣人在日常生活中，習以為常而不覺得特殊的。習以為常到，我們在一個尋常週三夜晚，在一位傑出導演身上就看得到這一切。

反觀香港貧富兩極的嚴重分歧，和中國的緊張關係，讓所有和「自由」有關的爭取，怎麼選特首、怎麼吃到乾淨無安全疑慮的食物、怎麼找到定義自己的文化，隨時可以演變成一場抗爭遊行，包括了我們難以想像的「看電視的權利」。香港的娛樂市場成熟，商業氣息讓獨立創作與工作室的生存難上加難：裡裡外外，他們都需要空間喘息。

　　我非常喜歡那場有名的大學演講：大衛・華萊斯＊的《這就是水》（This is Water）。一隻年長的金魚和兩隻年輕的金魚問好，並隨口問候今天的水怎麼樣。年長金魚游開之後，其中一隻回頭狐疑地咕噥了一句：「他剛剛說的『水』是什麼東西？」

　　原來，生活中最顯而易見的事，是我們最容易忽略的事。對於教育學者來說，大學四年，學生最容易忽略去學習的，就是如何學習的能力，而對於台灣來說，台灣有的自由空間是無形的氛圍，讓我們不必有拉斯維加斯、優勝美地或新天地的優點，依然被來自香港、新加

坡、中國的遊客感到親切，同時對台灣產生熱切的嚮往與渴望——渴望新生活的典範和出路。他們不需要特別去哪裡玩，他們只需要來到這裡，過著一般台灣人會過的日常生活，食衣住行娛樂。然後他們就會覺得被充飽了電，可以自在呼吸。

　　對於我來說，如果再被問到台灣哪裡好玩而一時語塞的時候，我只要想起這個故事，我就知道，我們每一個人，就像是一條魚，游在台灣獨特的環境當中。這種特別的文化氣氛就是我們的水，非常容易被忽略，但一旦離開，我們就渾身難受，非常不舒服，而這就是台灣文化難能可貴的地方。

*大衛・華萊斯，出生在美國紐約州伊薩卡，職業作家和哲學思想家。曾獲得獲得藝術學碩士，他的畢業論文是《系統的掃帚》（*The Broom of the System*），這本書借鑑於著名哲學家路德維希・維特格斯坦《邏輯哲學論》，發表之後，在美國文壇引起轟動。

我們在這裡努力著，希望被全世界看見

搬來台灣的外國人，
在想些什麼？

「台灣」不僅名字曖昧，

連形容她的字眼，都有兩種截然不同的敘事：

這一邊，台灣是鬼島，幾乎讓人無法忍受；

另一邊，台灣像是他們從來沒有過的家鄉，

給了他們扎實的、源自土地的回憶和養分……

他，30 多歲 Google 工程師，美國白人，哈佛本科、MIT 碩士，一、兩間科技初創公司的經驗後，進入 Google 工作，在 Chrome OS＊全球計畫中擔任負責人之一。這是根據互聯網經驗打造的輕型電腦計畫，市場主要在北美。但他已經在 Google 台北工作多年，住的地方，從熱鬧的東區，搬到有許多小店的永康街。那天我看到他，穿夾腳拖出現在一間上海小籠包餐廳，用中文跟我說他去台南自助旅行的經驗，眉飛色舞。

她，25 歲的創業家、極限運動愛好者，美女 ABC。當大家都說創業會有 99% 的失敗率，她以為她可以是那例外的 1%。可惜人算不如天算。當初共同創辦的夥伴離開後，她苦撐一年，產品還是無法死灰復燃，她結束公司的方式像是跟小孩告別。充電療傷？她選擇一個人來台灣學中文、進行環島計畫。她在國父紀念館一帶租了短期公寓，接待從阿根廷、法國、智利、日本……等前仆後繼來拜訪她的朋友。上次我問她，你會在台灣待多久呢？她給我一個曖昧的微笑，女生之間才看得懂的微

笑——她在這裡有一個讓她想留下來的理由。

他，30歲的樂評人和自由撰稿人，美國出生，北京受教育，自由撰稿，所以工作地點沒有差別。他剛在大安國宅簽了兩年租約，房子搬好的第一件事，就是邀請附近朋友一起在頂樓烤肉聽音樂。出席的朋友，黑人、白人、日本人、法國人，可真多。

那更別說來自中國的同事，他們到了香港，簽證方便，跟台灣的距離又更近，一到假日，他們買了書，國共歷史的書、文化的書、美食的書，然後旅行背包裡裝著一本又一本的攻略，有一點戰戰兢兢又有一點興奮莫名——他們飛來台灣，然後又飛回香港，跟我說松菸文創的氣氛多好、多自由……

* * *

這些年，我們一直說著台灣競爭力不足的故事；但也就是這些年，越來越多的外國人口耳相傳，搶著分享台

灣文化的秀麗和精巧，標準「文藝范兒」，公務體系效率快速，對外國人友善，食物創新而相對安全，交通便利，空氣清新而太極拳，似乎真的可以強身健體。他們前仆後繼來台灣，有的短期語言交換、有的長期定居、有的在台灣找到生活中的伴侶、有的在台灣開起公司，有的在台灣充完電之後，前進下一個城市奮鬥。

他們在想什麼？

所以，「台灣」不僅名字曖昧，連形容她的字眼，都有兩種截然不同的敘事：這一邊，台灣是鬼島，集合最最惡劣的特質，上到政府、經濟、媒體、教育，下到隨機砍人、食安風暴、低薪環境，都讓人無法忍受；另一邊，談到台灣像是談到外國人從來沒有過的家鄉，無論在生活、事業還是人生旅途中，都給了他們扎實的、源自土地的回憶和養分。

* * *

我們在這裡努力著，希望被全世界看見

我注意到這樣二元的情形很久了，覺得很有趣。明明生活在同一片土地，卻有兩種不同的情懷。我們常常對內抱怨台灣有多不足，常常說到國外，就覺得外面的世界更新鮮；但是到了國外生活，卻又想念起台灣的種種的好。

　　而或許，這兩種極端的情懷都是不精確，也不健康的。一片土地、一個國家，她像是一個人，她會有許多的層次和個性，有優點和缺點，她不會完美（就跟你我一樣），有的只是自己的特色和樣貌。所以當我們說「愛台灣」這個動詞，除了朝電視新聞丟爆米花，或是穿著白色 T 恤走上街頭之外，還有一個更重要的心態，那是用不卑不亢的態度觀察自己的短處，用鼓勵欣慰的方式來肯定自己的長處。

　　如果長處和短處都很多，那代表這片土地豐富，也能孕育吸納不同的人。只被看到長處的小孩或許會像薄瓜瓜，占盡一切優勢，因而眼光畸形；只被看到短處的小孩，或許會像縮在教室後頭從來無法認真聽課的孩童，

眼光畏縮而自卑，無法表現、交友、正常成長。

　我們不會這樣對自己的小孩，我們不要這樣對待台灣。

＊Chrome OS是由Google所進行的的輕型電腦作業系統發展計畫，發展出專用於網際網路的雲端作業系統，主要是以瀏覽網頁、使用Google雲端硬碟、Google線上應用程式商店、收發Email、即時通訊、看影片、玩網路遊戲……等工作為主，以Chrome OS作業系統所生產的筆電在市場上發展火紅。

這樣的台灣女孩，
在你我身邊

台灣的薪資環境，讓年輕人認為，

現在賣命地工作，就能把財富累積起來，中年再用。

但這一點也不聰明，

身體不會『等到』中年才需要休息，

我們需要更聰明的工作哲學……

跟P約在台北的咖啡店碰面時，時間還很早，店面很冷清。而如同她一貫進場的氣氛，當她拖著超大行李箱出現，咖啡店的人都盯著她看。我一邊攪拌咖啡，一邊習慣地聽她用飛快的語速，說這兩星期的行程：飛到曼谷開會、再到伊索比亞首都阿迪斯阿貝巴，參加由美國國務院舉辦，要促進美非關係的非洲女性企業家論壇、緊接著回香港兩天、緊鑼密鼓再飛到秘魯參加1000多人的中小型企業高峰會、還要到峇里島參加婦女與經濟高峰論壇……

　　這些場合中，有些她只需要代表出席；有些，她會需要用英文給一個專題演講，可能關於創新、科技，或婦女參與。有些時候，和她同席論壇講者，會是某位非洲國家的前總理。

　　不同場合，功能不太一致，只有她的身分是統一的，她是國際科技品牌創辦人的首席特助。創辦人接受採訪時，也大方顯露自己的事業版圖野心，要讓台灣站上國際競技場。要達成這個使命，對公司的擘畫和對人才的

我們在這裡努力著，希望被全世界看見

要求，可想而知。

　但年僅28歲的P，只花了一頓晚餐、一次開會碰面的時間，就得到這個野心勃勃創辦人的充分授權。對她工作內容，用了一句話就交代完畢——幫我讓台灣跟世界接軌得更好——剩下的得要P自己去想辦法。這麼開放的字眼，代表這個「特助」沒有具體的工作地點、流程、沒有量化的業績目標。她只能使盡渾身解數，把握每一次曝光機會，把品牌、台灣、科技產業、創新、女性平權意識⋯⋯等每一個議題，都做到最好：因為，當世界看到P，世界就是透過她，看到她來自的這間台灣公司、這位創辦人在科技業環境的氣度，以及台灣在整個世界的位置⋯⋯

　所以她不斷地飛，在這個城市、那個論壇、這個國家政府、那個民間組織當中不斷來回穿梭。沒有古老的師傅教她織布的秘技，但這片人脈網絡的布，得一步步、一縷縷慢慢織得緊、還得織得夠厚實，才能把這個台灣品牌拱上世界中心。這個使命很大，問P怎麼做啊？台灣

耶、國際耶、科技耶……P促狹地笑了笑，說了兩個字：
Can Do！

接下這份工作前，她在香港負責金字塔頂端的私人財富管理，約四年多的時間。我們是在那時認識的。我知道，無論她經手的客戶也好、公司給她的薪酬也好，這些條件都非常非常好，只是我也時常聽到她對職業生活的反思。

「我們像大公司的小螺絲釘，我們非常累，全心幫助公司這部大機器運轉得更好。當然我們也享受很好的物質生活。但我更想做的事，是能夠實現自我價值、創造屬於我的傳奇，讓世界變得不同。」她說這些話的時候，眼中有光，她是真的相信自己說的話。所以當P和新老闆達成共識，她立刻就辭去香港的工作，投入一個嶄新、空白、不會有指導老師的工作。

「壓力不是一般的大。」P一個人在咖啡廳工作的時候，我聽她這樣講。「飛成這樣很累，一回台灣、稍微放鬆一點點，身體就出現各方面的疲憊感。而且常常老

闆會急著找我，不論我跟他時間差了幾個小時、隔了幾個大洋。我要隨時準備好，理解老闆的期待和需求，隨時做反應，替他早先一步把事情處理完，這並不容易。我得花很多時間理解公司的現況，並且把自己放在他的角度思考，怎麼做，最像他的作風。我得比他更了解他自己。」

　　當然，我認識 P，知道她愛挑戰，所以我想當她說出這些話時，心裡不全然都是負面的壓力。但我也同時能想像，這樣隨時轉換工作地點，而且在一個沒有監管、同事、標準工作流程的狀態下工作，她的高度自我要求，會是唯一而且沒有上限的壓力源。「在這個過程中，學習身心的壓力控制是非常重要的。以前我以為自己已經什麼都能做了，現在覺得健康還是最重要的事情。」P 苦笑。「我知道台灣的薪資環境，比較容易讓年輕人認為，我現在賣命地工作，就能把財富累積起來，中年再用。但這不是聰明的工作方式，身體不會『等到』中年才需要休息，它不是全能的。年輕人要能夠用更聰明的方式工

作，更有效率、追求動態的平衡，否則都不會長久。」

「那你怎麼辦？」我笑著問。

她說：「時間當然永遠不夠。但要練習放掉這些壓力，安排好它們，和它們和平共處，維持工作表現的同時，維持生活品質，想盡辦法累積經驗，達到自己和公司的雙贏。這才是聰明的工作法。」

她講這段話的時候，讓我想起一位著名的指揮家雷納德・伯恩斯坦曾說：「如果你要達成偉大的成就，你需要一個計畫，和不甚充裕的時間。」（To achieve great things, you need a plan and not quite enough time.）同時，我還想起BBC近年來翻拍現代版的《新世紀福爾摩斯》導演保羅・麥克蓋根說過，「壓力誰沒有，我從年輕時壓力就很大，也聽每個人說他壓力很大。到現在五十年過去了，大家還是壓力很大，但是大家還不是都好好的？最重要的，是把事情完成。」

我一邊聽P分享日常瑣事，一邊想像她是她自己生活的指揮家，同時也像女版福爾摩斯，有絕頂的聰明、享樂

的淘氣、總是無可比擬的快速，以及全心投入的專注，追求豐富的人生。

P自己補充：「其實是運動讓我能夠像這樣過著超人的生活。」

「運動？」

「對。」

P在工作之外，還接受鐵人三項的訓練，時間已經長達一年多，其中，要在空曠的海域游泳這一項，曾經是她揮之不去的恐懼。她想盡千萬辦法要克服。有一次，在她下班後，我們一起和奧運金牌選手的教練練習游泳，練習後我再陪她回到在中環的公司裡值夜班。當時我看著她快速邁入公司打開彭博螢幕的背影，覺得非常不可思議。因為當天我回家之後，大概足足在床上躺了三天。「一年多的訓練，我克服了原本讓我恐懼的事情。這不只是游泳而已，而是讓我的心志更強健。我相信，只要我不害怕，找到技巧去克服，只要去做，什麼目標都不是不可能。」

我想起，泰國清邁有一場 500 公里的越野單車環賽，P 那時候才剛剛接受單車的訓練，還是個完全的新手，但她還是去報名參加。整場競賽中，她都是落後的最後一個。她大可以隨時放棄、隨時跳上在她後方押隊的醫療車，坐著好好休息——但她沒有，她花了五天的時間，一路騎上清邁山頂。

　　清邁只是她眾多征服名單的其中一個。還有一次，在馬達加斯加叢林為時七天的山路路跑，還有，這一次，她和朋友都非常想要挑戰橫越 250 公里的戈壁沙漠。我一邊聽她說，一邊拌最後一口咖啡，笑著問：「P，你如何變成這樣的？過了別人還沒機會過的人生？」

　　P 爽朗大聲地笑著，覺得我的問題很誇張，她根本不覺得自己過的人生有多特別。她覺得，這一切都是順理成章的事情——P 說，從她 16 歲到了美國首府華盛頓，參加 HOBY（世界青少年領袖會議），看到來自世界各地的高中生；大學拿了日本政府四年的獎學金在立命館就學；大三再到巴黎交換一整年；回台灣後積極參加 MUN

（模擬聯合國會議）……等，這些活動累積出的視野、技能、知識，全到了今天這份工作、這個崗位，讓她真正完全發揮出來。套句賈伯斯說的：「只有在未來回顧時，你才會明白那些點點滴滴是如何串在一起。」P現在就在把生活中全部的珍珠串在一起，在職位上發光。或者，用飛快的速度，拖著行李箱，再飛進一個陌生的城市，打響公司的名號。祝福P，希望你對現在的生活、職業達到前所未有的滿足。也祝福每一個看到文章的女孩，知道生活有各式不同的可能，只要你不害怕，勇敢大步向前。

世界太精采，請你趕快站出來

因為科技，
我重新愛上了新聞播報的工作

我發現，因為科技的創新，速度永遠都這麼的快，

我必須追趕著知識往前跑，

否則就會被巨量的未知淹沒；

而每一個「知道」，

都代表著世界有更新更好的可能……

我覺得我是車禍專家。

我沒有駕照，不會開車，但是我看過每一種離奇古怪的車禍，我看過每一種行車紀錄器拍下來的景象，那是我播報內容的 60%（我們不要再罵台灣電視新聞素質低落了，這類新聞收視真的很高啊……）

但是當我每天播的新聞是車禍、少了一條香腸的民宿早餐跟 By2 有沒有整型的時候，我慢慢覺得自己跟播報出來的話語沒有連繫，我的播報生涯沒有一個重心。

沒有重心的意思是，碰到撞牆期，沒有任何理由能夠支撐你度過去。還好，我後來發現，科技是我的救星。

大概是從香港開始，我可以說是和「科技」這塊領域墜入愛河。一開始，我對我們生活中使用的科技小玩意好奇不已，三星、索尼、hTC 和蘋果，誰的產品依照什麼使用者習慣被設計出來；後來發現公司文化對產品有直接影響，一個財閥式的經濟體、父權、金字塔型的公司，他的產品，絕對不會跟開放式、不以營利為唯一導向的公司產品一致。

而為什麼有的公司小而能動，2013年由劉作虎創立的一佳手機，從海外紅回中國；而我們每個人都玩過的貪食蛇諾基亞，神曲鈴聲一夕之間完全消失？

　　看完硬體的同時，自然會好奇廝殺到眼紅的軟體天下。

　　在中國，微信這種跨越支付、公眾帳號、朋友圈、紅包各式各樣功能的傳奇，還有誰會再寫下？而Snapchat、Periscope這種年輕新潮到不行的APP，他們擴散的模式為何？這些APP一開始究竟怎麼出現在公眾視野和生活習慣中？如果你是矽谷最有名的投資人，你會看到Yo、Pinterest，或是陌陌的潛力嗎？

　　看完軟硬體，我開始好奇軟硬體的整合：看智慧型穿戴、看特斯拉、Gogoro、看蘋果的錶怎麼跟飛利浦的電燈連在一起、看百度怎麼會有筷子號稱可以測出餿水油、看接下來我們會喜歡大疆科技拍攝出來的影像嗎？還是我們會喜歡虛擬實境的內容？我們又會去哪一個平台上搜索VR內容？

　　這個領域變化非常的快速。曾經以為中國的手機市場

爆炸到每個人要買3隻手機，但最新的報告顯示，中國手機成長空間放緩，IDC（國際數據資訊）發布今年第1季度市場報告，中國手機出貨量下滑，較2014同期衰退3.7%，是6年來首次下跌，但也是同一時間，蘋果擊敗了小米，家國情懷並沒有「酷炫」來的重要，就算在中國也是如此。而當你認為商界邏輯就是銷售和買賣，分享經濟崛起：Uber、Airbnb甚至中國大陸的凹凸租車都這麼的紅。你的就是我的，我的也可以是別人的，然後在這個循環當中賺錢，在中國，到了2050年，共享經濟的規模可以成長到3350億美元。

這個過程同時讓人覺得感動。每次發生地震、天災，臉書幫忙報平安，推播到你的朋友圈；各式各樣的中國社群網路連結公益捐款平台，能動而且公開；而不管對冰桶挑戰我們對它的評價如何，網路串聯了金城武、比爾‧蓋茲和美國脫口秀主持人吉米‧法隆，我們也同時聽到了漸凍人的需求；材料的運用，將來我們可以用膠水一樣的東西封住人體的傷口，搶救大量失血；我們可

以讓無法走路的人，透過微型機器四肢，重新站起來好好走路。蓋茲基金會的頂尖科學家日以繼夜用更便宜、精確的方式改變檢驗愛滋病的流程，或許，明天進公司，我看到的稿單，就是愛滋病或阿茲海默症，已經找到新的解藥，再也沒有一個大學教授會忘記自己的研究、沒有奶奶認不得自己孫子的名字。

我發現，因為科技的創新，速度永遠都這麼的快，必須要我追趕著知識往前跑，否則就會被巨量的未知淹沒；而相反的，每一個「知道」，都代表著世界有更新更好的可能。因為這個原因，我重新定義了我熱愛新聞播報工作的原因，和年輕的我很不一樣。我希望當我看到這些科技相關資訊的時候，能夠用最有效的方法，把推動人類生活前進的訊息，播送出去。所以我最近在做的事情，就是好好把科技的知識補齊，做好、播好科技新聞。

有平板創新的消息、有庫克的行銷法、有電動車如何稱霸科技市場……等，樂此不疲。迫不及待聽見有人分

世界太精采，請你趕快站出來

享新創品牌，或科技如何改變一般日常。科技連繫了我們每一個人，也希望，拜科技之賜，我們每一個人的距離能夠再靠近一些，我們的專長都能夠結合得更緊密一些，而讓生活變好，這件事情看起來是個嚴肅而可執行的計畫，而不是一句可愛輕盈的口號。

我們在這裡努力著，希望被全世界看見

我要眞實的主播

一年到頭，總會有人傳來主播出錯的影片給我，
但，我一直想到日本教授石黑浩——
他是智慧型機器人的權威，
過去，他打造過一款幾可亂眞的機器人女主播……

2015年年初，一份訂單讓我開始對機器人產業開始產生好奇，特斯拉和杜爾（全球知名的機械設備供應商）簽了一份號稱史上規模最大的訂單：電動車特斯拉一口氣買了100隻噴漆機器人、48隻開蓋機器人和26隻密封機器人。觀察這兩年，伊隆‧馬斯克上遍了所有重點媒體，TED也講了好幾回，拚命解釋電動車概念，就在今天，公司公布第二季銷量，同季增長52%，優於預期，但沒有機器人的特斯拉，不會有今天。

　　你們一定也看過科技媒體WIRED拍的影片，機器人加上無人機，改寫了整個物流產業。亞馬遜花了將近八億美元，收購機器人公司Kiva Systems：矮矮胖胖的小機器人，能搬能動，還能辨識貨架，搭上視覺探測，30分鐘就可以識別一整貨櫃的庫存，連接雲端更新資料，這個動作，換成人工，花上好幾個小時也弄不完之外，錯誤率也不會是零。

　　醫療方面，創立至今都還根本沒人弄清楚的Google X，實驗室生命科學小組的負責人安德魯‧康瑞德去年

底接受《華爾街日報》專訪的時候，話說得相當清楚，他們正在設計一種奈米微粒寬度的微型探測機器人，將來透過血液，就能探測人類癌症和慢性病的發病徵兆。「過去需要去醫院才能做的檢查，都可以用這個機器系統完成，這就是我們的目標。」

以為機器人生活離我們還很遠，其實從各方面來看，機器人已經離我們非常近了。這兩個星期，我在公司做了很多、也播了很多 DARPA 救難機器人大賽和 Pepper 的專題。鴻海與日本軟銀合作開發的 Pepper，限量 1000 台開賣試水溫，不到 1 分鐘就全部賣光，鴻海、軟銀和阿里巴巴集團合資的 SoftBank Robotics 馬上宣布，新一批 Pepper 七月底會再賣。你看軟銀孫正義話說得多好，他說「要給 Pepper 機器人一顆心」，因為 Pepper 可以辨識主人的情緒，被定義為「陪伴型」機器人。

從 Pepper 開始，我們看到了產品發展有了光譜上的移動，從功能過度到外型，從效率過度到情感，這說明產品開始有了規模、有選擇。很難想像，日本目前在機器

人發展的路線上，極力強調仿真，剛剛提到的石黑浩教授，他會在人的頭上淋定型黏土，觀察人類眼耳嘴的細微變化，做出來的機器人還沒有百分之百相像，但已經夠「真實」的了。

曼谷已經有機器人餐廳，深圳有機器人太空膠囊旅館，常常看到文章分析說機器人會全面取代服務業，機器人取代女主播恐怕也是遲早的事情。但是，這真的是我們需要的嗎？我們看新聞難道不也是在看人性的播報嗎？看到人的表情、聲音語言、立場、和感同身受的同理心。機器人當然零缺點、更有效率，但是它也可能同時更冰冷、讓我們跟真實世界更脫節。

如果我們不想要完美卻冰冷的機器人，能不能對人的錯誤，有多一點寬容？

我們在這裡努力著，希望被全世界看見

不露胸的勇氣

如何精確地定位一個人或一種商品，
不是一件容易的事。
你是誰？你想要別人看到的你是誰？
這兩者是一致的嗎？
尤有甚者，要別人看你看到什麼程度呢？

我常在心裡問我自己，為什麼不乾脆放上一張比基尼照就算了？最近天氣很熱，我常常看到之前在香港跟朋友去海邊曬太陽的照片，想說，如果放上了這張或那張照片，或許之後每個星期繳交粉絲成長報告的時候，長官臉色不會這麼難看；公司把所有的主播粉絲團人氣，從高排到低的時候，我也不會總是在最底端看到我的名字。（但想想如果真的亮出泳裝照，排名還是在最底端，我還真的就無話可說了……）

粉絲社群經濟影響力非常的大，我理解為什麼不只是電視新聞，現在每一種產業、每一種商品、每一種風格，都希望透過網路傳播接觸到更多人。這種要求和邏輯並沒有問題，但是如何精確地定位一個人或一種商品，卻不是一件容易的事。你是誰？你想要別人看到的你是誰？這兩者是一致的嗎？尤有甚者，要別人看你看到什麼程度呢？

當我為了這件事情苦惱到差點沒把頭髮拿到嘴裡咬的時候，我想起我非常喜歡的美國脫口秀主持人艾倫・狄

珍妮，她在 2009 年杜蘭大學的畢業典禮上所講的話。我最近又重新看了一次，感覺豁然開朗。

就科技發展的速度來說，2009 年算非常古老以前了，那一年，Android 才剛剛爆發，我還在用一款超級可怕的 GPRS 手機，那時候電視仍然還是最強勢的媒體，如果 2009 年有人跑來跟我說，影響力要靠 YouTube、Instagram、Vice 作起來，還有一種 Buzzfeed 文體會把所有媒體打趴，我會覺得對方很有事（寫到這邊不禁有一種毛細孔癢癢的不寒而慄感）。但是艾倫說的話，卻在 2015 年的現在，凸顯它的重要性和適用。

艾倫對台下的大學畢業生說：「對於你們現在來說，成功的定義可能是一口氣可以喝下 20 杯龍舌蘭，但是這個定義會改變，等到了我這個年紀，我覺得成功的定義是內外一致的生活，不對同儕壓力低頭，不要嘗試做那個不是你的人。

「我想說的是，人生很像一場嘉年華會，你應該秀出你的腦而不是你的胸，而如果人們喜歡你呈現出來的，

世界太精采，請你趕快站出來

自然而然，你就會知道有更多你能做的事情。」

如果你看過艾倫，你會知道她是她自己話語的最佳代言，用英文來說，就是 she owns it, she owns the speech。她的主持風格自然不做作，衣著打扮中性舒服，非常非常地貼近民眾，從來不掩飾自己的性傾向和女友，總是直接跟觀眾互動——即便她是諧星型脫口秀主持人，她理當討好每一個人，但她還是給人表裡一致的認同感。這可能也是我們喜歡、認同一個人的原因，舉凡歐普拉、泰勒斯，還有百斤超模泰絲・霍利迪，我們喜歡她們認同自己的勇氣。

整場演講我最近連續看了幾遍，也推薦你有空的時候可以聽聽她的說話風格，看完之後我一會激動，一會感動，激動的是她即便在如此競爭的演藝事業中，還是找到了最佳定義自己的方式，並沒有因為聲勢一落千丈就改變些什麼；感動的是，後來整個社會還是好像忽然醒過來一樣，張開雙手熱烈的擁抱她。

我不露胸了，我想，胸以後可以拍美美的照片給老

公看，而且畢竟再怎麼露，也不是李毓芬、郭書瑤、楊冪，以及 FHM 封面的惹火女郎，我希望，你會喜歡我，也可以是因為我腦袋裡的東西、我的文章，以及我那顆為了理解世界，一分鐘都不會懈怠的好奇心。

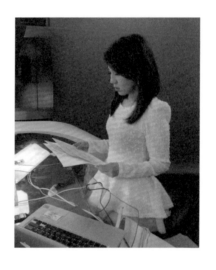

艾倫・狄珍妮，2009 年杜蘭大學的畢業致詞

世界太精采，請你趕快站出來

堅持自己，是最難但也最對的方式

寫了《不露胸的勇氣》之後，當天晚上，我收到許多許多訊息，問我是不是針對哪些主播，忿忿不平才會這樣寫。我想，真正了解我的朋友都知道我的個性，他們不會這樣問，而這樣問的人，心裡應該也已經有個先入為主的答案了，我怎麼說都不是，只會被認為有「裝無辜的勇氣」。不過，那天晚上我回到家之後，自己靜下心來想，倒是有一個新的角度看這件事。

當社會上有一派，認為展露身體的優勢，包括身材、臉蛋、肌肉，偏向譁眾取寵、虛榮、不可靠，我卻慢慢發現，為了「嚴肅而嚴肅」「清純而清純」的做法，同樣是光譜另一邊，是透過各種方法塑造出一種自我期待的形象，或是為了證明自己並不是什麼、或是什麼的嘗試。

為了反駁想像中的批評，或是為了攫取想像中的喜

愛，做出來的事情都非常勉強，並不會持久。歷史上，我們眞正喜歡的企業領導人、明星、政治領袖，是因爲我們可以看到一定程度的眞誠，我們感到連結，這種東西才是搶不走的。而這種感受，也不是一張照片、兩萬個讚能建築得起來，這是個長期的過程。

我曾請教過一個朋友，經營臉書最好的方法是什麼，他說「以誠經營」，我聽了差點沒笑出來，覺得這是在做匾額掛在地下錢莊嗎？但他說：「你是問我經營最好的方法，不是問說經營最快的方法。最好、最堅固的經營方法，就是讓大家眞實地認識你。」

我覺得看起來最簡單的道理，往往就是最難、但也最對的道理。

從這個角度來說，無論一個人露不露胸，只要他堅持自己的風格，出發點是眞誠的喜愛，而不是受到不自信的驅使，想要譁眾取寵或過度靠攏市場，那好像也沒有什麼問題（電影《永不妥協》的女主角，不就是喜歡穿特定風格的衣服，但也贏得了眾人的佩服呀）。至於，一個

「主播」該以什麼形象被觀眾認識，新聞產業的重點是幫觀眾梳理資訊、提供脈絡，並用專業傳遞出去，還是該凸顯臉蛋和身材，還是兩者綜合起來都要顧，說到底，是一個品牌、團隊和個人選擇綜合起來的結果：喜歡臉書營運長雪瑞‧桑德柏格的人和喜歡美國實境秀名人金‧卡戴珊的粉絲都一樣死忠，我真的沒有太多想法。

我們在這裡努力著，希望被全世界看見

PART 2

不自我設限的底氣

60°

比我年輕的同事，
比我寬闊的野心

中國和台灣好像在玩一套垂向一方的蹺蹺板：
這一端，中國年輕人抱著知識和野心的鉛球，
牢牢坐在地上；台灣年輕人則在蹺蹺板的另外一端，
身輕如燕，雙腳懸空……

我最近在 TED 看到了新聞界前輩張彤禾女士所做的演講，她花了兩年的時間在廣州東莞觀察工廠女工的生活。這些工人長期且密集的勞動付出，換來了我現在手上一刻也不會停止把玩的智慧型手機，也換來晚上我約會出門時會背的包包。在城市中生活的人群，其實跟這群生產線上的工人有著非常緊密的互生連繫，雖這層連繫我們從來不去想，或者也不願意想起！

10 多分鐘的演講緊湊有序，有資訊、有主題、更有感人的情節故事，但讓我吃驚的是，她演講結束後，TED 策展人克里斯・安德森問她：「如果你有一分鐘的時間可以跟世界上最大的科技公司要求給工人一些福利，你會要求什麼？」

張彤禾女士回答：「學習的權利！」

從中國農村四面八方湧進東莞上班的工人，是，他們想要有房子、有車，想要吃好吃的食物，但是他們更想要的，是學習新的語言，練習英文，在 Word 上面打出一篇報告：他們想獲得更多接近世界的技能和知識！

不自我設限的底氣

這讓我感到非常震撼，也思考了很久，某種程度上，我發現這解釋了為什麼我身為一個在香港生活、替中國大陸電視台工作的台灣人，感到如此焦慮。

　　今天早上我上班時，占據各大媒體的新聞是委內瑞拉總統烏戈・查維茲逝世的消息，國際媒體工作速度非常快，各方評論如雪花不斷出現在互聯網上！同時我打開微博，那些我關注的內地同業及朋友的狀態更新，幾乎都談到了查維茲過去的左傾路線、他的政治語言如何煽動，以及接下來拉美會發生多少不確定的局勢！我很驚訝，這些像我們一樣大的年輕人，談起拉美—美國—中國等國際外交政治的速度和直覺，跟台灣人討論奶茶妹和《全民最大黨》的直覺是一樣的：那對我身旁的年輕同事來說很自然！

　　當然，我的朋友圈當中，如果真的認真起來要談雞排妹或球賽，文采飛揚的人很多，有詼諧有嚴肅，任君挑選。但今天我看到中國這一代的同儕，他們是**同時**能文采飛揚地談論查維茲、朝鮮廢除的停戰協定、美國的最新財政人

事，以及，昨天的《康熙來了》開了什麼玩笑話⋯⋯

　一年半載下來，類似經驗不斷重複，讓我感覺在無論是角力或融合的過程中，中國和台灣好像在玩一套垂向一方的蹺蹺板：這一端，中國年輕人抱著知識和野心的鉛球，牢牢坐在地上，台灣年輕人則在蹺蹺板的另外一端，身輕如燕，雙腳懸空⋯⋯你一定玩過蹺蹺板，當抱著鉛球的那一方忽然拍拍屁股走人，懸空的那一方會經歷快速下墜的失重，嚴重可能讓雙腿骨折受傷！

　為什麼理解這些國際情勢這麼重要？除了全球定位和商業實力需要靠著知識力量推進外，回歸個人層次，中國年輕人是在大量吸收和學習的過程中，讓自己看見更多更好的可能：所以他們求知若渴，有意識的追求，除了自己要過更好的生活，他們還要打造傲人的社會、經濟體及家國！這好像是兩條揉雜在一起而不能分開的線，任何外來的挑戰和批評，只會讓這條線編織的更緊密牢固。所以即便是一個在東莞生產線上，每天花 10 個小時做品質控管的女工，下了班還要再花 3 小時學習英文

和電腦——那是她一天當中最開心的3小時。

　　我很慚愧地說，身為台灣大學政治系畢業生，今天以前，查維茲對我來說是一個模糊遙遠的名詞，我隱約知道他二度修憲、他眷戀權力、是頭號反美分子，還有他好像罹患了癌症身體很不好，除此以外，我再講不出任何具體的什麼了。所以，你能想像，每天面對這些差距，我有著最多的焦慮和不安，尖銳而且具體。

　　當然，身為在台北生活25年的標準城市女孩，我對滿街溫馨的咖啡店、看不完聽不完的展覽演說、24小時不打烊的誠品、開放的媒體環境，以及直接的民主普選有巨大的驕傲之心，有時甚至可以說是盲目而排他的激烈擁護。我深刻理解這一路走來，這些含血含淚爭取才換得的價值有多麼得來不易，多值得細心呵護。但這並不代表我不害怕在國際上，台灣的聲音越來越小、身影越來越卑微、形象越來越模糊；工作時，我不焦慮自己並沒有跟那些比我小的同事一樣，有種誰都別擋著我的那種抱負及野心……

世界太精采，請你趕快站出來

當然，焦慮並不是任何一種問題的解答，情緒化的文章或煽動性的對比做起來很簡單，更難的是在情緒後面找到建設性的解答。前輩對於這種情況，曾經給我一個非常好的建議：「身體和心智，至少要有一樣在路上。」我如果沒有走出台灣，我不會看到這一代來自其他世界的年輕人，而如果我不能保持旺盛的學習心態，我可能也不會觀察到這樣的職場細節。對我來說，不論要不要跟對岸的、甚至全世界的年輕人競爭，已經不是最重要，而是當我看見了未來充滿這麼多精采可能，怎能不趕快跟上世界轉動的腳步？

台北到北京的距離有多遠？

英文可以變好，技術可以精良，多多練習就可以；
但是「稱霸」的野心，卻不是靠練習就能得來的⋯⋯

下午時分，飛機在北京首都機場跑道上滑行。我一手把紅筆圈得亂七八糟的資料塞進包包，一手找台胞證，1% 興奮，99% 慌亂。我旁邊坐的是伊能靜，她在用微信跟經紀人溝通要不要接活動，好像也找不到東西。我確定我們兩個不是小小機艙裡唯二的台灣人，她在北京有工作，我則是飛來主持 TechCrunch 的北京站峰會，我看到有更多努力的台商在闔上電腦，拿手機跟當地的夥伴連繫。

　　我希望我接下來可以寫出司機直接載我去 Conrad 樓頂酒吧這種香豔的細節，但我不能，我不敢，我怕我沒有準備好。TechCrunch 是目前全世界報導科技、新創、融資、產業潮流最全面也最領先的媒體。科技圈創業的人會知道，自己的公司如果被 TechCrunch 報導，這間公司不僅代表了一定的行業指標，也等於是一個公司的里程碑。而 TechCrunch 北京站的嘉賓名單，不論我看了多少次都覺得胸口有一點悶悶的，Google 大中華區副總裁，Qualcomm 的資深副總裁，500Starup 創建人戴夫‧麥克

魯爾，Leap Motion＊執行長麥可・巴克沃德，搜狗執行長王小川，真格基金／新東方創始人徐小平，《創業的國度》作者索爾・辛格……等，兩整天排得滿滿滿：他們的文化脈絡不同，語言不同，來到這裡的期待也不一樣，要把他們緊密地貫穿起來真的不容易，所以一下飛機，我就直去主辦單位辦公室和他們開會，想抓緊時間準備。

* * *

第一個讓我驚訝的細節，是主辦團隊非常年輕：10多人，20歲，辦5000人的活動，接待世界各地飛來的科技嘉賓。架網站、拉贊助、設計動畫、公關合作，從零開始，他們挽起袖子就動起來。他們熱愛科技、也愛科技代表的意義，因此一個月來不眠不休。

台灣認識中國年輕人的這一面嗎？

我每天看到的新聞，最多的是上海地鐵裡有女生拿

鞋子丟人，北京大街上有元配甩小三巴掌，但這種資訊對兩岸競爭究竟有什麼意義？而如果我們的眼睛停留在這裡，要怎麼知道雙方差距有多少？我在主辦單位辦公室開會的時候，我感覺到自己心跳很快，那是心虛的心跳，我知道我 20 歲的時候沒有他們這麼優秀、這麼獨立、這麼能動。幾張桌子併在一起，一間共享辦公室，電腦一開就專注工作。我 20 歲根本還不知道 TechCrunch 是什麼。活動辦已經在水準之上，CNN 北京分社採訪主任傑米・佛洛克魯茲也看到他們的才能，他在會議結束後親自跟團隊交換名片。

第二個讓我驚訝的是現場的創業競賽，我看到了無人機 Drones 的改良，看到視覺搜索特惠價格、手指隔空操作螢幕、智能項鍊記錄你頸椎的健康程度，或 10 秒鐘完成居家裝潢的設計圖的 APP……等。60 多隊的參賽隊伍，有的研發，有的著重服務，想像力和技術遍地開花。當中有許多許多是來自於台灣的新創隊伍，能夠在異鄉看到台灣發亮，實在讓人非常振奮。

我發現這些團隊創始人非常積極自信，英文再不好，拉著 TechCrunch 的營運長就直接換名片，抓著 Sequoia、紅杉資本、戈壁、Crunchfund 的人，在會場走廊都在 pitch（投售）。要知道，這是世界頂級的種子基金和創投，名稱講出來都讓我倒抽一口氣，但這些中國年輕人完全「不害怕」，就算他們英文不像美國人、技術還需要時間成熟，但是他們挺直胸膛要讓大家看見。

　　這是個尖銳的警訊，因為英文可以變好，技術可以精良，練習就可以，但是這種「稱霸」的野心，卻不是靠練習就能得來的。國際舞台上，一次又一次，台灣人總是相對扭捏、害羞、謙讓，於是乎世界的聚光燈，幾乎全部打在中國年輕人的臉上。

　　第三個讓我驚訝的地方，是中國年輕人的底氣。與會有一個嘉賓是中國《今日頭條》的創始人張一鳴，這個新聞聚合的產品能作到估值5億美金，整個業界下巴掉在地上都還沒撿起來，但是訪問他的一個年輕男生，在舞台上多次逼問張一鳴演算法、來源、著作權保護的問

題，我在台下看著也在扶著自己的下巴。

重覆詰問可能不是最好的訪談方式，但是台灣「甜美」的這個特質，還能管用多久？而在訪談專業上，誰能這麼有氣場地問出尖銳的質問呢？更何況考量兩人年紀、資產、頭銜的巨大差異。中國的邏輯是：我決不自我設限，舞台上我們都是王，就算只有10分鐘，下台之後，你是你5億美元企業的執行長，我回去念我的大學。這個心態，我在每一場訪談都可以看見，而我很佩服。

科技的重鎮在矽谷，但是我想起來他們常常說，矽谷不是一個地理名稱，是一種心智狀態。

我在北京看得到他們年輕人獨特的心智：狼性、霸氣、在詭譎的條件中，展現靈活的生存能力。台灣精緻而小眾，從電影到書店到咖啡店到科技領域，處處都是（也只有）小清新，但小清新不是一個能在商場上拚搏的心智狀態，不是拿得上談判桌的堅硬實力。

我這一代的人，中學國文都讀過〈我們到柏克萊到底有多遠？〉幾十年來，我們一直重覆地問同一個問題，

以前比較的對象是美國，現在比較的對象是中國，我們問的一直都不是物理的距離，我們問的是心理上的差距，我這一次主持完兩天最大的感覺就是，差距巨大而顯著，我們快要來不及了。

所以，請你站起來，快一點地站起來、走出去，去坐下跟他們一起開會，去比較去問問題，去說話去吵架，去一起趕一篇PowerPoint，去一起合作一起競爭，並且在這個過程當中，扎實地把自己的、屬於台灣的優勢想清楚，用力並持續地發揮出來。不要只看自己的肚臍，不要每天窩在小清新的咖啡廳看韓劇聊八卦，否則就算幾年之後出了速度再快10倍的飛機，我們都到不了北京。

＊Leap Motion Inc.是一家製造和銷售電腦硬體感應裝置的公司。類似於滑鼠，其裝置支援利用手掌和手指動作來進行輸入，但無需手部接觸或者觸摸。使用高階的動作感應專利技術進行人機互動。

趕快想盡辦法站出來！

這篇文章在臉書上面發表之後，當天晚上就有許多科技媒體希望能轉載，隔天台灣的《蘋果日報》又刊登了這篇文章，再隔了幾天，各大論壇又自己加工重新編排了這篇文章，配上聳動的標題，在不同的平台和社群媒體上不停分享。

不難想像，很多人喜歡，也很多人厭惡。而一封封非常尖銳的電子郵件也進入到我的信箱。我安靜了兩個夜晚，一整個白天，還是決定應該要回應。

一方面我非常開心看到台灣科技圈的熱情，激勵我很多。另一方面，我明白有些人看完文章後，那種憤怒交加的感受，認為當我寫著北京的好，卻忘了台灣的好，我怎麼可以？！但我想說，這不是一個零和加總：一邊的優勢，不代表另一邊劣勢。

中國科技業發展快速，其中關鍵因素，就是有台灣經

不自我設限的底氣

驗的灌注，從聯發科、富士康、鴻海、台積電到趨勢，沒有前輩的知識和實力，中國科技圈不可能起飛得這麼快。我更沒有忘記，Nvidia、Vizio 這些台灣公司對於美國的影響。在這個沒有國界的時代，每一個人、每一天，睜開眼睛碰到的每一個科技裝置，裡頭都有台灣的心思和才能。這些，國際上每一個科技領域的玩家，都清楚明白。

而對台灣的創業文化，我更有話要說。多年以前，我生活當中最親密的夥伴，他就在台灣創業。他寫程式、找資金、推銷產品中間的每一步，我都在旁邊睜大眼睛看著。每一次他碰到他學長、我學長，和創業圈的隊伍中間激盪出的談話火花、看到的人才，那種熱度和能量，他跟我都熟悉：我們都很珍惜而且驕傲，而我熱愛他在的產業。多年之後，我們兩個人的生活不在同一個狀態，但透過他，我認識了台灣創業圈蓬勃的生命力，累積了科技圈的知識，對此我永遠感謝。

但是，這一篇文章，不是寫給已經在創業圈拚搏的人

看，也不是寫給每一天念茲在茲，希望產品、團隊、市場更好的人看。你們不需要、也不應該浪費時間看我的文章。這篇文章是寫給還在猶豫應不應該站起來，做一些什麼的年輕人看。他可能還在念書，可能剛剛要踏出職場，可能在考慮一個合作的機會，但是他可能還在害怕：我的文章是要說，不要浪費時間害怕了，快，想辦法把自己準備好，我們可以的！這才是寫文章的目的。

作為一個在台灣出生、受教育而成長的台灣人，我能理解大家看待「北京－台北」這種雙邊競爭的緊張。相信我，那種矛盾的感受，當我站在北京會場，拿著麥克風說話的時候，顯得更加激烈。我滿腦子想的都是「這是北京，我是台灣人，我絕不能丟臉。」但我更想說，這種尖銳的感受，不該轉變成謾罵式的評論；它應該要變成別的，應該要轉成台灣最最擅長的：創新、發展和實踐應用，而且該從年輕人開始！這才是雙贏、大家都贏，台灣也能前進的結局。

不自我設限的底氣

你不知道 Google 培養
接班人的秘方

在年輕人最渴望學習、渴望實際經驗的時候，
Google 給他們最需要的：大量的國際刺激和交流經驗。
這些人，只要有 20% 還留在 Google 裡面，
就是值得的投資；但就算 80% 的人外流，
他們也一定有人創出一個最後被 Google 買走的公司……

「如果有什麼人可以贏得過我或布林或佩吉，那個人，應該在這一群人當中。」很難相像，這句話竟然是從 Google 的執行董事艾瑞克‧史密特嘴中說出。而他口中所說的、可能會贏過他的「這一群人」，指的是 Google 從 2002 年開始執行的 APM 計畫（專案經理助理）所篩選出來的菁英。

　　這個 APM 的概念，是由現任創新工廠執行長、前 Google 亞太區總裁李開復在一次晚餐會告訴我的。他說他還在北京的時候，就幫著當時的 Google 副執行長梅莉莎‧梅爾（Marissa Mayer）跟她所帶領的 APM 們交流。我們常常在討論要有更好的年輕人再教育，找出下一世代有為、有想像力的人才，或許 Google 的做法能夠有些啟發。

　　APM 計畫是什麼呢？它的概念相當簡單，每年 Google 會選出 20 個最有發展潛力、幾乎是才剛畢業的年輕人，立刻安排他們每人負責一條重要的 Google 產品線，從 Gmail、AdWords 到 Maps……等。此外，安排每人

和一位有經驗的、資深的經理人配對，這些經理人就成為APM們可以請益解惑的導師，而這些導師也監督APM們的發展。目標是讓他們於兩年時間內，在全球各個城市盡量地實地考察或是職務輪調，從國際市場第一手直接學習。

這些APM有的「血統純正」，加州長大、史丹佛電機系畢業、大學就開始自己創業；也有的沒有科技背景，李開復回憶，一位26歲剛從柏克萊政治系畢業的女生，就是他看到的APM成員之一。APM共同有的幾個特色，一是年輕，22至27歲，可塑性極高。二是他們非常、非常的積極、充滿好奇，而且主動學習，根本停不下來。「停不下來」是梅爾最常形容APM的字眼，並且還說過，就是因為停不下來，APM跟布林和佩吉「有著同樣的基因」。

訓練APM們最重要的一環，就是讓他們在兩年內到不同的城市和國家，直接了解當地市場的需求：他們在印度班加羅爾跟一群日出而作、日落而息，必須長時間照

顧作物的農夫聊天，試圖理解在當地文化下，什麼服務是真正被需要的。有一天，這群APM被分組，每組人拿到100美元，功課是在限時內盡可能買到整座城市最古怪的電子商品，他們還被要求要跟當地的商人殺價，有人竟然買回得用USB充電的電子菸灰缸；他們去東京六本木、以色列特拉維夫，當然他們來到了北京，試圖理解中國的互聯網生態。

有一次，李開復和梅爾一起接待APM，16天的時間，APM們已經走訪了4個不同的城市，當中還有一位美國《新聞週刊》的專欄作家史帝芬‧李維隨行記錄報導。梅爾親自負責行程規畫，她希望每一次會議、活動、對話都是設計精良、饒富意義，不能浪費，連調時差睡覺的時間都不可以有。有一天晚上，在吃完烤鴨後，梅爾跟APM說：「現在，你們只有兩個選擇，可以去當地的夜店跳舞，或選擇陪伴我跟開復一起喝茶。就這兩個，回去飯店房間睡覺不是一個選項。」大部分的APM後來都跟著一起喝茶，不過其中有幾位，在茶上來之前就先

不自我設限的底氣

打了瞌睡。還有一年，李開復跟APM晚餐的形式是，李開復發表了10分鐘的講話之後，就要到每桌回答APM的問題，每個APM都可以問問題，但每上一道新的菜，李開復就要換到下一桌，回答別人的。那一天晚上李開復回答了快60個問題，菜倒是沒吃到一口。

APM的行程也包含遊戲和親身體驗。李開復曾經被要求過要請每一位Google北京的員工，一人帶著一個APM到一個「特別」的家庭裡用晚餐。這種特別的家庭可能是：全家人都沒有用電腦的習慣，根本不了解什麼是「互聯網」；或是另一種極端，全家都是競爭對手公司產品的死忠擁護者，在這些情境裡頭，要怎麼進行晚餐是很特別的考驗。還有一次，APM們一人拿到1000元人民幣，全部被丟到中關村，看看他們在限時之內能買到什麼「寶物」，誰最會殺價等。有人竟然買到了山寨版的迷你小iPhone，大小是iPhone4的一半；也有人買到了手機投影機，只要帶著手機，影像就可以被投射出來。對APM來說，最真實的學習，發生在這些最真實的互動

世界太精采，請你趕快站出來

和談話中間。

值得一提的是，讓APM親自到不同國家，重點就是要了解不同文化，因此策略上，可以完全不用同意，甚至推翻總部的規定。例如，總公司政策是不允許上電視推銷產品、刺激流量，總公司認為要做，就要在互聯網的渠道做，針對鎖定的目標觀眾傳播。但是當時中國的實際狀況是，知識分子少，草根群眾多，大眾還是透過看電視來獲得資訊，因此行銷如果從互聯網開始做，效果反而不大。李開復為了證明這件事，還特地組了一隊「Google精英隊」，上了湖南衛視的一個紅牌節目《天天向上》，這是一個在中國非常受歡迎，討論禮儀和輕鬆話題的綜藝節目，台灣藝人歐弟還是主持人。李開復希望能夠用新的方法拓展品牌印象，後來事實證明刺激出巨大的流量。

即便是李開復離開Google之後，梅爾還是常常要他跟APM說話，李開復發現他們感情也變得非常緊密，這對公司、對他們自己的人生，都是十分有助益的事情。這

些年輕APM，不一定每個人都會在計畫結束後五年還待在Google。但是透過這樣的計畫，在年輕人最渴望學習、渴望實際經驗的時候，Google給他們最需要的：大量的國際刺激和交流經驗，並且透過信任的放權，讓他們一畢業就挑起重擔，擔任重要產品團隊的經理人，這等於又給了他們實戰經驗。各方各面都訓練他們迅速成為領導者。這些人，有人後來帶領發布了Google Maps，有人後來帶領價值數百萬美金的AdWords再創下新高，成績斐然。梅爾當時跟我說過，APM只要有20%還留在Google裡面，對Google來說就是好事，但就算80%的人外流，他們也一定有人創出一個最後被Google買走的公司。

　　整個計畫的設計，放在今天來看，還是非常具有前瞻性。我們為什麼要大量的跟國際接軌？為什麼要盡可能走出去？因為這是我們最快貼近市場脈動、同時自我發展的捷徑。最聰明的畢業生在進入Google後被這麼訓練，是有它的原因的。整個APM計畫的負責人傑夫‧佛格森說過：「到現在，只要給我五秒鐘，我就知道申請

者是不是一塊APM的料。」他只要五秒鐘，就能判別一個年輕人有沒有可塑性、積極度，以及適當的心理素質能自我成長，最終才有潛力成為偉大的領導者，進而改變世界。而這種人，就是艾瑞克‧史密特說的「可能會贏過他的人」。期待各行業、各國家都能從APM的計畫當中學習取經，讓下一世代的明星遍地開花。

不自我設限的底氣

載著求婚鑽戒的無人機，
除了討好章子怡，還做了什麼？

無人機從電影還有玩具反斗城裡飛了出來，
飛進我們的日常生活。這就是科技的魅力。
無人機已經這麼紅了。

今年一月底，美國航管界鬧哄哄，因為一架來自中國的無人機，忽然「意外墜毀」在白宮南草坪，當時總統歐巴馬正出訪印度，白宮立刻緊急關閉。而這架無人機在「失控」後竟然不知去向，讓政客數星期都大力抨擊白宮安管太不嚴密、航管法規也老到無法可管。這架無人機其實是來自於深圳的大疆創新科技公司（DJI）的 Phantom，汪峰拿來向章子怡求婚的無人機是 Phantom 2 Vision Plus。兩架型號一前一後，同一間公司所出品。

其實你我就算沒有拿過價值 5500 萬台幣的鑽戒，也都或多或少感受過大疆科技，因為紅到半邊天的《爸爸去哪兒》《舌尖上的中國》，以及好萊塢《神盾局特工》《國土安全》等航拍鏡頭，都是由大疆科技無人機拍的；甚至在紛擾不斷的中東，抬頭看敘利亞上空，軍政府也是用大疆科技的無人機進行偵查工作。Google創始人布林最喜歡的 Burning Man（這是矽谷的科技嘉年華，鼓勵創造與分享，九天盛會結束時會燃燒巨人像，因而得名）、象牙海岸海灘的景色、巴黎鐵塔下的戀人，在大

疆科技的網站上，有 1300 多部這樣的影片，共通點就是用他們的無人機拍攝。在過去三年的時間，大疆科技用低調的方式竄紅，銷售額一口氣成長 80 倍，這一切發生的原因，深圳是重要的關鍵。

　　傳統的飛行模型，消費者需要自行組裝，對於像我這樣的女生就會覺得很困難，購買的動力很低。但成立於 2006 年的大疆科技說：「我們要做能讓消費者打開盒子就直接飛的飛行器。」這對我來說就有天差地遠的差別。只不過執行面上，這個挑戰很大，因為無人機市場不像智能手機一樣成熟，專業模塊不能從外面買，幾乎所有技術都需要自己研發再拼裝。這也是為什麼大疆科技一開始、也非常合理地把公司設在深圳，把基礎元件生產和拼裝的成本降到最低。2008 年，大疆科技推出第一款產品，到了 12 年，他們已經擁有 200 人規模的工程團隊。研發實力強，公司的飛行體、遙控器、放置相機的陀螺雲台等細部配件，都開發得很好。消費者能夠放上自己的 iPhone 或是 GoPro 來進行航拍，這打開了它國外

的市場，從娛樂、極限運動、軍事、新聞採訪都開始有人用大疆科技商品進行工作。

＊　＊　＊

　　我在紐約大學的互動電子媒體課程（ITP）上課時，看到新聞學院裡已經有一堂無人機的新聞課程。在 2015 年國際消費電子展（CES）上，潮流科技媒體《The Verge》的痞男主持，遙控大疆科技的 Inspire（公司的最新機種）在展場裡飛來飛去，一直說這是市場上最成熟的商品，也拍下每一個人在 CES 上的動作。同一時間，大疆科技發展成一間 1000 人規模的公司。這就是科技的魅力。無人機從電影還有玩具反斗城裡飛了出來，飛進我們的日常生活：亞馬遜、阿里都要用無人機送貨；Matternet＊要建立無邊無際的跨洲無人機網路；甚至最新的 Phantom 宣布他們要製造不同功能的無人機攝像頭：感溫、感濕。可以想像得到，接下來農業用途、地理研究、反恐都可

以用得上這樣的技術。

而當我們以爲科技和女人可能沒有交集，我看著這張影后掩著臉喜極而泣的照片，感覺無人機搞不好是下一世代幸福的載具。

*Matternet是一家起源於奇點大學的矽谷創業公司，過去幾年一直探索在發展中國家利用無人機實現貨物快遞運輸，尤其是把食物和醫療物資運送到車輛難以到達的地區。現在，Matternet終於準備好推出一款商業版四軸無人機Matternet One，提供一般貨物（尤其是午餐和醫藥）的物流快遞服務。

世界太精采，請你趕快站出來

誰能在科技中體驗眞實的愛？

我們投注了這麼多的心力想跟別人保持交流、連結，
可是我們眞的獲得了更多的安全和愛嗎……

最近有篇新聞報導攫取我的目光，日本宅男（請讓我用無比崇敬的心態如此稱呼）發明了款「擁抱外套」，讓身邊沒有牽手的寂寞男女，只要戴上耳機、穿上外套、扣好安全繫帶（還真是讓人有點疑惑的設計），就能感受身邊有人給你一個溫暖擁抱。擁抱分種類，還有情境設計：例如說約會時女友遲到了，等著等著美麗佳人忽然從後方嬌羞地抱著你撒嬌，一邊道歉，一邊撫摸你的胸膛……耳機能聽見聲音，外套上施加壓力，繫袋變得更緊——於是你經歷了一個明明不存在卻又如此真實的擁抱……

看完新聞之後我在想兩個問題：過去在科幻電影當中常常看見的夢境公司、改變腦波進而改變所謂「現實」科技產品，是不是離我們不遠了？另外就是，哲學上的存在主義、知識論會怎麼看待這個「擁抱」是什麼？

我想到自己以及一部分好友的生活側寫：email 信箱中有從世界各地傳來的照片、笑話、資訊；臉書上有著距離遠近不一的「好友」分享人生中的高低潮，可能是

一個他喜歡的歌手，可能是她最新買的衣服或彩妝；手機的電信通話功能幾乎已經不使用了，OTT＊的各種服務：Line、微信、WhatsApp 給了我們兩分鐘就翻開手機的理由，然後我們在路上邊走邊回覆，如果強風吹起了短裙也只是彎腰嘗試稍稍遮掩，因為雙手有更重要的事情要處理；而當我到了一個地方旅行、用餐、聚會，Instagram、美人／文青相機、修圖貼貼紙的遊戲重複 100 次也不喊累，因為如果這張照片能更像林志玲一些，將會有更多人按讚，注意我、愛我。

我們投注了這麼多的心力想跟別人保持交流、連結，可是我們真的獲得了更多的安全和愛嗎？

時而臉書上的數據能在種種幸運之神的眷顧下，累積的比天還高，我以為那些數字能夠透過某種我並不清楚的公式，轉化成更深的歸屬感及認同感。但相反的，我時而焦慮惆悵，時而覺得自己其實過著比從前更孤立的生活。畢竟，我實在無法透過一則臉書分享就解讀出你內心的盼望、生活中困難的抉擇，你真真實實的喜怒

哀樂；同樣的，你也無法透過我一張巧兮倩兮的微笑照片，理解在每一次鏡頭背後、打光燈熄滅後，我的各種調適及孤單⋯⋯

我想這就是我們新世代的神祕主義。並非說它不真實，而是表象和內涵有著本質的相悖與差別。

還有一個經典的難題是，我覺得很難向我的母親，或上一代長輩解釋我們過的生活：從不間斷的訊息、笑話、奇聞軼事、告白、分手、金錢交易、工作變化、各種嗜好興趣，全都可以濃縮在一個發光的四方形的機器裡。這兩、三台發光機器傳送或接收的零和一，竟然交織出我們大部分的生活。於是，我們忽然有了最複雜、豐沛、外放的情緒，一天24小時對外界不斷回應交流，但我們卻也比過去任何一個時刻，更加麻痺、嚴苛、疏遠、充滿戒心而自我保護。這些微妙的變化，全是兩、三年之內激化的，激烈地改變著每個人的生活。

我又想起蔣勳，他寫過一篇很唯美的文章，表達他對科技工具的態度：「我不願意透過電子符號理解你胸膛

不自我設限的底氣

的起伏、緊促的雙眉、耽憂疑惑的雙眼、巨大而直接的慾望……」所以他寫信，在最前衛的年代和關係，選擇最保守的的溝通。對於我這個欠缺耐心、克制，以及種種相關美德的人來說，真的是非常不可思議的事情。而有的時候我思索這篇文章，覺得他的意思，會不會是，「我無法透過電子符號理解你胸膛的起伏、緊促的雙眉……」那如果真的無法透過這些電子符號的傳遞搭起真實的溝通，我們還有什麼辦法呢？你覺得？

關於日本宅男的發明，還有一個有趣的後記，我看到有位騰訊新聞的記者在文章的編注這樣寫著：「這些宅男花了那麼多的精力設計『擁抱外套』，為什麼不把時間拿來直接追女生呢？這樣要他們身邊偷偷愛慕宅男的女生情何以堪？」我看到笑了。但笑裡面有很多的惋惜。希望這位騰訊的記者說的不是自己，要不然過去牛郎織女敗給距離，現代的情人近在眼前卻敗給科技產品，多諷刺。

世界太精采，請你趕快站出來

＊OTT是Over The Top的縮寫，是指透過互聯網向用戶提供各種應用
　服務。替代了運營商所提供的通信業務，典型的OTT業務有互聯網
　即時訊息系統、電視、電話業務，蘋果應用商店等。

香港

90°

PART 3

跟著不停地轉動，發現另一種冒險的節奏

秘密警察式的降落：
24歲，我在香港

24歲到了香港工作看起來相當冒險，
但是或許更大的冒險是停滯、不進步、
不對世界有更好奇的渴望……

飛機引擎高度震動的時刻，我抱著5公斤手提行李，坐在好不容易爭取來的窗戶位子旁，不到一秒鐘的時間已經睡著了。或許更精確的字眼不是睡著而是昏倒。沒有意識：沒聽見機長廣播、沒看見空服員漂亮的身材，甚至沒感到耳壓有變化。我只記得我十分虛弱地繫上安全帶，然後再睜開眼睛，看到螢幕顯示離目的地剩10分鐘。

　　我覺得我的生理機能很慈悲：我的生理機能知道我會無止盡地質疑自己，為什麼要到一個新的城市工作？一個朋友都沒有！我甚至還不會說廣東話！我這個人是這樣的，如果小聰明的腦袋瓜想到了一個答案，更多質疑的聲音就會如影隨形、排山倒海湧出。我的生理機能乾脆讓我「睡著」（以一種香港說喝茶、北京說和諧、東德秘密警察說「我們就是這樣做事情」的方式），來躲過這場痛苦的辯論——有點像是當年大學聯考，我在看完整張地理考卷後才發現自己真的很對不起地理老師，索性趴在大學聯考的桌子上睡一下，好躲過隔壁桌男生快速作答唰唰唰的聲音。

能這麼被動的降落在一個新的城市還嘗試建構一個新的生活，我想這種誇張程度，實在無人能出其右。

我究竟到了哪裡？

鯊魚v.s.下雨；乃邊v.s.那邊的玩笑（香港人講國語真的太逗趣了，完全沒有惡意，但是，為什麼國語會變成這樣呢），說到連樓下的打太極拳的老伯伯都會說了。雖然我實在不懂我那些正到不行的女生朋友會什麼會對這種口音情有獨鍾，但我的確承認越聽越有一股純粹的喜感。「粟米」（玉米）、「忌廉」（奶油）是我最喜歡的兩種食物，「平D」（殺價用語）是我第一句學會的生活用語，殺價的時候拚命說這兩個字就對了。

這裡有櫛比鄰次的住宅高樓，四棟中間黏在一起沒有空隙；這裡有一城又一城的購物中心，霓虹燈閃爍著72個國際品牌；這裡有速度飛快但永遠可以再更快的手扶梯和電梯。以前在電視台，有架電梯為了讓記者趕新聞，設計成特快的直達電梯，從10樓直接到1樓。但是在這邊，住宅區的47樓到G，速度比那電梯還快。

這裡是香港，亞洲樞紐，一個替「方便」這個概念親自下註解的城市。

　　「方便」四面八方。連方便麵都很多，茶餐廳就有，幫你炒好，油膩膩，但是無敵好吃。方便到在這裡的茶餐廳，陌生人可以隨便跟你坐在同一桌，連寒暄一下都省了，就直接坐下來跟你吃一頓飯。兩個人的距離50公分，但是並不互相認識、也不會互相干擾。這很像整個城市都在作一個流動的快速約會——你永遠不知道下一個坐在你前面的人是誰。那些絞盡腦汁要和女生同桌吃飯的男人，來香港吧。

　　而在機場大門上演哭哭啼啼的告別戲碼的年紀已經過了，甚至，乖乖排隊等登機的年紀，也已經過了。辦理了香港身分證，從此之後，通關入關，靠著我粗肥的手指就可以了。不必排隊。除了恐懼和焦慮之外，還有一些別的東西。像是對陌生挑戰的期待、對跨國工作樣貌的想像，還有，我知道，人的一生，常常不會後悔「做過了什麼事情」，而是會後悔「我怎麼沒做過什麼事

跟著不停地轉動，發現另一種冒險的節奏

情」，24歲到了香港工作看起來相當冒險，但是或許更大的冒險是停滯、不進步、不對世界有更好奇的渴望。

　　看我現在能夠平靜地寫出這段文字，就知道這一段冒險是驚險展開但是平安落幕。而無論從任何一個角度檢視，我都覺得這個決定相當的值得。

世界太精采，請你趕快站出來

不教學生「成功」的
香港教育

你想成為什麼樣的人?要對別人多和善?有意志力嗎?
要當一個誠實的人嗎?要在多大的程度上愛別人?
確定了這點後,生活給你的任何機會,都要掌握,
然後做到最好,那就是「成功」。

在香港的時間，有一晚，我抵達了哈佛大學香港校友會舉辦的晚宴，同天還有「書卷頒獎禮」。一整個晚上下來，我的感觸很多，我看到香港學生比台灣學生幸運。

　　哈佛大學香港校友會是世界第三大的哈佛校友組織，第一大是波士頓，第二是華盛頓，再來就是香港。它們每年和100多間高中合作，讓校方推薦3名成績優異的高二生來出席這個頒獎典禮。校友會則去找哈佛校友拉贊助，每年選出兩本書，大量購買，送給這些成績優異的學生當獎勵的禮物。全世界的哈佛校友會都有類似性質的活動，這是我第一次參加香港的。

　　今年，哈佛大學香港校友會選出兩本，一本是由商學院教授克雷頓・克里斯汀生寫的《你要如何衡量你的人生？》，這本書許多人都讀過，很多朋友之前在哈佛商學院時還上過他的課，說教授個性非常謙虛，每學期到了最後一堂，他都會像書上寫的那樣，請學生用學習過的商管理論檢驗自己的人生。常常，他講到激動處都會潸然淚下。

另外一本書則是由一位香港出生，長年旅居紐約、加拿大、義大利律師 Jason Ng 寫的《Hong Kong State of Mind》（香港心境）。我在現場跟 Jason 聊得很開心，聊這本書印到第三刷時他的心情、聊了許多他經營的部落格理念（很明顯我在請教他如何規律寫作），我問他，如果要選一個字眼來描寫他的書寫風格，那會是什麼？他想了想，給我一個深情的眼神，然後說那個字眼是：「鄉愁」。在我翻過他每一個短篇進而拼湊出他的「香港觀」時，我的確看到許多關於移民、相屬、故鄉、對於根的掙扎與認同。我很喜歡，這是一本非常細膩、獨特，有才華的書，而且非常好讀。

　　哈佛教授克里斯汀生不能飛來說幾句話，但哈佛校友會非常用心，請教授錄製了一段影片。我以為這是非常客套的影片，但我自己看完之後竟然被深深感動：克里斯汀生花了很多時間，「教」這些學生不要替自己將來的職業設限，他要這些學生只要想清楚一件事情就夠了，那就是「你想成為什麼樣的人」：你要對別人多和

善？你有意志力嗎？你要當一個誠實的人嗎？你要在多大的程度上愛別人？確定了這點後，生活給你的任何機會，都要掌握，然後做到最好，那就是「成功」。

克里斯汀生也跟這些學生說，到了最後的最後，真正能夠帶給你滿足感的，不會是學業上的成績單，不會是一個書卷或十個書卷的紀錄差別，也不會是薪水，或工作職稱。真正能讓你感到快樂的事，只有你自己才會知道。克里斯汀生講話比較慢，儒雅而有氣質，是標準的「波士頓英文」。台下這群16歲學生看影片看得目不轉睛，30分鐘講課，他們安靜耐心地聆聽著。

緊接著Jason上台演講，讓我更覺得不可思議。Jason分享：「我會成為一個作家根本是意外，當我回到香港的時候，我想當歌手，還聘請了一位網站設計師來宣傳。當時設計師跟我說：『你必須有些東西讓我放上去，要不你試試看寫寫部落格吧。』是這樣我才開始文字創作。」Jason非常幽默風趣地鼓勵這些高中生，「什麼是讓你做到凌晨四點還能很開心的事情，找出這件事，比

成為一個醫生、銀行家、律師重要」「如果你現在還不知道，沒有關係，但是你不要停止尋找，找到了如果覺得不對，換也沒關係」「嘗試新的東西，很快地失敗、很快地學習」。

Jason 英文非常好聽，口語、清晰，但我不能說簡單。作為一個作家，他對於文字挑選有一定的程度的用心，但是台下學生依然安靜耐心：沒有躁動、沒有分心，只是專注地吸收、思考、再吸收。

我聽完兩場演講下來非常有感觸，我覺得這些 16、17 歲的香港學生非常幸運。香港的教育環境設計，讓他們在這個年紀，就能自然聽懂世界級大師的演講而不吃力——我知道我高二時根本聽不懂這個程度的英文。

而更重要的是，他們在這個年紀，就能聽到世界級的大師跟他們說：你們認真讀書非常好，但是你們要知道，成績單無法定義你的人生，請你走出去，找到真正讓你有熱情的天賦和領域。

「你究竟想要成為一個什麼樣的人」「找到一件你做

到凌晨四點還能微笑的事」，這些問題真的不容易，但是對人的一生非常重要，這些問題的答案帶領我們做出每一個困難的選擇。我到了很大才開始開始思考這些問題。但這些 16、17 歲的學生如果能從聽完演講就開始找，而且真的帶著一個答案走進哈佛、普林斯頓、史丹佛，我不敢想像那樣的成就和光彩會多麼巨大。

我多希望十年之前，在我成長的 16、17 歲，我的教育制度能夠這樣的鼓勵我，給我空間，給我知識之外，同時給我智慧和價值。

我今天看到香港有這個教育環境在做，而且做得很好，希望台灣也能有這麼一天，給學生一份這樣能珍藏一生的禮物。

跟著不停地轉動，發現另一種冒險的節奏

台灣主播在香港：
你不知道的海外工作心路

所有在海外工作的人都會質疑自己，這樣做真的值得嗎？這個階段是，你看到異鄉的一切都覺得刺眼：人講話很大聲、食物不乾淨、文化氣氛薄弱、連空氣的氣味都能抱怨……然後你開始想，為什麼我要放棄熟悉的一切來到這裡？

小時候，當別的女生爭著要幫芭比梳頭髮，或要求穿一件鑲著亮片的澎澎裙，我最喜歡的玩具就只有地球模型。我喜歡伸出手隨便指一個地方，想像在那裡生活可能會發生的一切。

大學時代幸運地有機會到四個不同的國家當交換學生，不管是第幾次出去，飛機起飛前，我總會興奮到滿臉通紅，有一次甚至還有點呼吸困難，惹來空姐小跑步關心我（搭訕空姐小技巧之一）。我總是如此期待一片嶄新的土地。

出征到香港：

從確定工作到在香港拆開行李的那一個月。辦簽證、找住的地方、發信給朋友的舅舅的前女友的小學同學打招呼拜託照顧、馬不停蹄吃惜別餐會、走訪從小到大的初戀景點、還要打電話給小學導師。

這個階段是過度期，眨眼即逝。

你們對香港是熟悉的：走到哪都有滿滿的人龍，高樓商廈被奢侈品和跨國企業的亞洲總部填滿，這一城那一座全部被人行天橋串在一起，社交中心在中環蘭桂坊，有數不清的異國餐廳和clubs，銀行家夜夜「夜蒲」，週末則換上辛苦的勞工席地而坐和家鄉講著手機。

　　香港有著最氣派奢華的風情：飲食、精品、飯店、流行文化不一而足；各國人士匯聚，談生意或過生活，大街上一次可以聽到三、四種語言；商界一個廣泛流傳的說法是，全世界唯一一塊地方，走路10分鐘內就可以找齊所有投資鏈，但首先你得站在中環馬路的正中間。

　　這就是讓我們嚮往和陶醉的香港，一個快速、效率、富饒的代名詞。

在外生活沒有想像中簡單

　　如同童話故事中仙杜瑞拉在舞會晚宴驚豔四座，沒有人會想到她在家裡砍柴燒水的辛酸。一座華麗的香江，

當然能在各種程度上鍛鍊你的心智：剛到香港，老舊破爛的房子，房租隨便都新台幣四萬起跳，裡頭還不附家具，因為香港人不愛「用二手」；對外地人來說，身分證、工作簽、報稅申請的手續細瑣而繁雜，想要求助香港「師奶」公務員，軟硬釘子會碰得一身傷；計程車司機很像角頭老大，地名說錯被司機痛罵是家常便飯；在我的工作職場，兩岸三地的同事一起共事，大家的國族情懷、語言習慣、甚至幽默感都是天差地遠，許多潛規則讓你必須把神經繃緊才不會踩線。

休閒生活方面，每天蘭桂坊、家裡、公司三角折返，一開始很刺激，畢竟誰不愛看中東美男？但是久了眼神開始渙散，還發現女生也會長啤酒肚；常常，新朋友見面之後，連名字都還不太會念，就又踏上遙遠的征途；台北可以恣意享受的華山藝文展、光點紀錄片、誠品新書講座，在香港打燈籠滿大街都找不到，我文青的靈魂疼痛異常（寫得出來這句話足夠證明自己有多文青），於是發現那種空虛與不踏實雖然隱藏在表象之下，但強

烈到能掩蓋所有光鮮亮麗的頭銜、照片、臉書文章。

最低潮的時刻是在異鄉生病。

相信我，依香港人口和住宅的密集程度，你會生病的。第一年的感恩節，我因為病毒感染，又嘔又吐，半夜找到一間公立醫院，發現光抽血就要等 5 個小時；好不容易撐到私人醫院，溫文儒雅的醫生用濃濃的英國口音來看診，說需要住院觀察兩到三天，押金 5 萬元港幣；當時我在病床上從昏迷邊緣清醒過來兩秒鐘，確認真的是 5 萬元港幣的押金之後又再重重的昏迷。

這都是發生在我身上的親身經歷。

真的想出國工作嗎？

所以，他和她說要「潮流出走」，我們從小被教育要追求的「菁英的背影」，書上說要跳脫舒適圈，這些理論究竟怎麼了？浪漫的情懷在哪？在我搭上飛機之前，沒有一個人跟我說過，海外的工作會是這般辛苦慌亂，

而且你能依靠的人，就是你自己，沒別的了。

　　但我想所有旅居或工作海外的人都會經歷到這一個階段，會質疑自己，這樣做真的值得嗎？這個階段是，你看到異鄉的一切都覺得刺眼，一切都跟家鄉如此的不同：人講話很大聲、食物不乾淨、文化氣氛薄弱、連空氣的氣味都能抱怨……然後你開始想，為什麼我要放棄熟悉的一切來到這裡？

旅居新城市的曲線

　　過來人會說這是一個曲線：來到一座新城市的新鮮和刺激感，一開始會帶著你的情緒曲線一路往上衝，這個速度會衝得很快，然後到達頂峰後，維持一段時間的平穩或是微幅上下，這段時間很幸福，心飛在天上；但很快的，你會碰到一個時間點，發生了一件或一連串的事件，這條曲線開始直直下墜，速度之快如同自由落體，然後就會一路探底，比低還更低，比還沒離開家鄉時還

低。依照自然的定律是，山不轉人轉，我們是在這個階段，才開始看清楚自己為什麼要忍耐不適應的一切，開始重新篩選出自己離鄉背井的真正原因。大多時候，我們在這一段低谷裡，認識一個新的自己：可能是暴跳如雷的自己，可能是一個八面玲瓏的自己；可能你發現，原來飛了大半輩子，最懷念的還是媽媽的菜；或是，你理想的人生要素有哪些可以捨棄，有哪些不能妥協。

找尋自我的開始

中國人說這是一個「坎」，坎過去了，就是柳暗花明又一村。

這個階段的線條是，如果你找到一個自己心安理得的答案，不論留下或走，都會讓情緒曲線回到健康的水平；還是會有高有低，但是會在一定的範圍裡震盪，不會坐雲霄飛車般，今天和明天不同到天差地遠。

低谷的這一段時間最辛苦，這是當然。但這也是海外

經驗能夠給我們最好養分的時候。我覺得這一段時間，反而比一開始曲線衝上天的時候還要珍貴。

因為它讓我們更清楚自己的有限和可能，逼你看清楚自己要做什麼、往哪裡去。許多朋友，在低谷的磨練中找出一個答案，然後我們就會看見一個更包容、更自信豁達的人，這個力量可以伴隨他長長久久；反過來，如果在這段低谷沒有突破，無論搬去哪個地方，都還是會經過同樣的曲線上下，同樣的循環，一直到找到一個中心為止。

自我問答更了解自己

問一個在北京時尚圈奮鬥的台灣朋友，她想留下來的原因是甚麼，她說，她知道接下來世界時尚的重心會在中國，而她想參與甚或改變這個過程。「帶入更多台灣人的活力和美感，多好！」她常常笑著說，然後在每一天的生活中，扎實地進步著。這是她的答案，我們，也

要找到自己的答案才行。實驗分析，一個好的工作需要滿足五個要素：金錢、地位、影響力、尊重、自由度。這五個向度當中，哪一個部分最重要，會因人、也會隨著時間改變的。但是「你在哪裡？要做什麼樣的事？」這個自我質疑和自我回答的過程，卻是所有海外就職考量的第一步，並也是終其一生都必須一直持續警覺的。

這一次我回台北家的時候，意外發現了那顆我非常喜歡的地球模型。但它早就不能轉了，上面都是灰，有一點故障。

我忽然想起小時候，我期待一片新土地的興奮感。後來想想覺得，與其說是我期待新的國家，倒不如說，我是期待一個嶄新的自己，我可以和未知的自己相遇，而期待在新的環境中，我能更有彈性、更寬容、更有熱情和愛。我相信我自己可以。而對我來說，這才是接受海外工作的最核心的原因。

香港的動詞：
改變

義大利的動詞是「吃」，巴黎的動詞是「愛」，紐約的
動詞是「實現」。而香港對我來說，是「改變」。

香港真的是一個改變我許多的城市。在香港期間，我開始學會經營社交生活，腦袋常常可以飛快檢索200個這星期才認識的新朋友的名字；我去過那些最闊氣的富豪私人派對，也在一群海歸派中聽到他們遊歷世界奇觀的探險；清醒的智識層面，是好幾次身歷香港人和內地人那種一觸即發的緊繃，也因此學習如何委婉地表達出自己的政治論述，同時學會捍衛這些政治論述。

　　當然，永遠有那些深夜從熱鬧的 Dragon Eyes 夜店跳完舞回來還睡不著的夜晚，在蘭桂坊喝港味十足的牛腩清湯，在永遠有外國人嘔吐的翠華茶餐廳和新朋友介紹台灣……

　　這是一個富饒而又五光十色的城市。香港就是這樣，快速、效率，在大量的對立當中累積最大的利益。

　　「你的生活剩下了喝酒、跳舞、和炒股的油頭男出遊？」台北的安兒在email上這樣問我。

　　故事當然沒有這麼簡單，有些事情會改變，但那些我們相信深深嵌入在所謂「靈魂」（如果真的有的話）中的

東西，恐怕是到了伊斯蘭馬巴德都改變不了的……對於我來說，這個層次的靈魂特質，就是我一輩子都不會戒掉的小文青個性：在一片光束照射出空氣微塵粒子的影廳當中，瘋狂地看著紀錄片，或為了一張明信片和一本二手舊書興奮不已……大家說，香港沒有文化這種東西，其實我並不覺得。一座城市有或沒有什麼，不會是一個固定的答案，跟我們觀看城市的角度和企圖有關係。

如果你想，你會在香港沙田看到台北北美館才有的寬敞空間，看到16位亞洲當代攝影師記錄城市的作品；會在油麻地看到只有在師大夜市才有的小白兔唱片行，撫摸著一排又一排的獨立唱片和電影原聲帶；旁邊是雖不比仁愛圓環寬敞，但誠意已經滿分的咖啡書店；又或是在荃灣，彷彿踏入了台北101旁邊親和的四四南村，聞到土壤和彩繪顏料的氣味混雜在一起；然後在黑夜中，我刻意地迷失在狹小而稍嫌古老的電影放映室中，看了好幾個小時，我也搞不清楚究竟有幾個小時的法國紀錄片……

對於城市，從來不是缺少美，而是缺少發現。

離開放映室的時候，剛好從酣甜的無意識夢境中醒來，在清涼的秋風中間，我這是第一刻，這麼清晰的，感覺自己在生活！如果有發現的眼睛，生活的地方是香港還是台北，紐約或是倫敦，或是上海，在這一刻，也已經這麼的不重要了。

跟著不停地轉動，發現另一種冒險的節奏

談感情，也需要經營戰略

香港男女的約會天雷勾動地火，結束後互不相欠，貫徹香港的效率價值……

我以為到香港前要做的準備，會和一些政府架構與金融體系的知識有關，最起碼，也得理解人家的地鐵系統。但我從朋友那裡收到的第一份資料，跟這一切都沒有關係，那是一本半戲謔、半寫實的書，書名大意是「生命太短暫，所以不要和我這樣的渾蛋交往」，香港男人寫的。P，這篇文章是你寄給我的，謝謝你認為這是最需要提醒我的一件事情，你真的幫我省了好多時間。

　　謝謝你，因為如果我沒有先讀這篇文章，我一定會跟每週末到唯美的 JW Marriott 萬豪酒店吃早午餐的女人一樣：眼神哀怨，半秒鐘都沒辦法不看手機，講的話題千篇一律都是：「他到底愛不愛我，他一定對我有感覺，否則不會在倒酒時親我，但是為什麼我找不到他？」——我到香港兩年，平均每一個星期都會聽到類似橋段重複上演。

　　P，你到香港的時間比我長，聽到的一定更多，如果我一直都在講這些話題，你會覺得我很無趣，我們也不會變成好朋友了。

跟著不停地轉動，發現另一種冒險的節奏

感情的重要？

　　當然，女人跟戀愛是分不開的：女人需要被滋潤，也天生喜歡滋潤別人。以化妝來譬喻，眼妝是這個神聖儀式中最重要的部分（沒有之一），那是我們的靈魂之窗；而對於單身到香港來工作的人來說，戀愛生活是也整個神聖儀式中最重要的部分（之一），戀愛生活經營好了，等於 Tom Ford 飛到你在的城市親自幫你畫眼妝，往後一輩子你都不用再卸妝了。可惜，包括我，以及我認識的姊妹中，在一片披荊斬棘之後，發現香港的約會生活其實是一支會暈開的眼線筆、是怎麼都黏不上去的假睫毛、是一套帶著紫光的眼影：它只會讓你的眼睛浮腫塌陷、布滿血絲，面對陽光，怎麼睜都睜不開。

　　為什麼？你問。

　　在香港工作的單身男女，大部分以金融業為主，這些「中流砥柱」多金、有才、累積到天邊的里程數可以隨時飛去非洲塞舌爾島度假；他們的工作緊張、緊繃，

而不容許出錯。因此在高壓的生活之下，休閒生活就以如何得到最大的放鬆的活動為主：例如酒精刺激和夜蒲（上夜店的香港話）。香港當然有戶外活動，香港人也很愛親近大自然的：闊氣的金融家會包下一艘艘遊艇出海曬太陽，一群好友可以帶著書，假裝自己會在甲板上開始討論哲學或是抽象畫派，但因為船上都是酒，女孩們都穿著比基尼，書還沒翻開，已經被拿來墊食物了，嗯，「游泳」是很累的。

「供需」應該是這個問題的第二個答案，雖然大學我的經濟學快要被當了，但是好歹在香港的愛情市場上，把這個概念學了個透徹。香港男女比例本來就已經男少女多了，再看進去，好的男生跟好的女生的比例，又更懸殊。我一個好朋友Connie，柏克萊大學經濟學女博士，身高165公分，身材凹凸有致，每逢過節卻形隻影單，超過三年沒有男朋友，你就知道這真的不是開玩笑的。

我想了一下，發現香港的約會生活有下面幾種類型：

簡潔有力型：天雷勾動地火，結束後互不相欠，貫徹

香港的效率價值。

躲在暗處型：一天十幾個訊息交換，動不動就有曖昧的詞句或貼圖，卻從不清楚表態，週末也不見得見面，畢竟訊息上纏綿悱惻、承諾海誓山盟多容易，動動手指就好了。

型男的飛行日誌型：這人根本不在香港，但當他在香港的時候你們會碰面，或一起到第三個城市度假。碰面的相處濃情蜜意，一切都是蒙太奇慢動作跑過夏天的沙灘，畢竟電影都是這樣演的，但不碰面的時間，大家都大了，得當個獨立的大人。

門當戶對型：情人在一起，有時候理由能比「喜歡」更複雜，可能跟一些投資交易有關係（！），這時候就覺得剛來香港的時候，還是該多惡補一些金融體系知識，至少要知道家族姓氏和集團名稱。

多角經營型：他很認真，一個月會見你一兩次，但是他也一個月見其他女人一兩次，反正他還沒結婚，他的意志是他自己的。他會說：你也可以跟別的男人約會，

我們是開放式關係。這個類別的主角可能也是女性，一個月見三到四個男人，輪完一輪，蒐集了四個包包，再慢慢想定下來的事情。

憨實忠貞、掏心掏肺型：嗯……嗯……我還真的沒有看過，但我隱約聽過一些遙遠的神話，所以我暫時把它列成一類。畢竟你知道她們說的，真愛就像鬼，人人都聽過，誰真敢說她真的看過？

學術上要有層次分類，是希望能清楚定義抽象事物。感情也一樣，最怕的就是如果你是憨直型，對方卻是型男飛行日誌的主角，或常常躲在暗處型多角經營，那這個場面還真混亂。

當然，每一個地區都會有這幾類人出現，只是對於香港來說，前三類的比例高出許多，至少高出台北，跟紐約可能旗鼓相當。

而女孩們，你和你的他，是哪一種型呢？更重要的，你想要的自己，和你想要的他是哪一種類型呢？要進入一段關係之前，這些問題好像應該先想清楚，比較保

險，才更好玩！

過來人的經驗

　　每種遊戲都有攻略，香港的感情生活也是。我雖然常常幻想自己是《慾望城市》的凱莉，有豐富的約會經驗，現在才能寫得出好攻略給姊妹閱讀，但接下來這幾個場景都是一些其他過來人的經驗（是真的），我們總是站在巨人的肩膀上才能看得更高。

　　1. 在外請注意公眾形象：我有朋友說他看過周潤發在街市（香港的菜市場）買雞腿，可能回家要自己煮雞湯，但我相信當時他身邊並沒有一個俏女郎。香港朋友圈是高度重疊的，社會學當中的六度分離理論，在香港大概是二度分離：我跟一個陌生人中間，一定可以找到 N 個共同朋友。所以，在外約會請先 360 度環視，上一個約會對象很可能就坐在隔壁三桌。出門在外，言行舉止一切小心。你並不希望自己、或自己的男人出現在紐約金

融圈的八卦話題裡。相信我，八卦從香港傳到紐約的速度，比波音G6還快。

2. **維他命B**：一般金融業、律師、房地產的上班時間都很長，如果又要約會又要兼顧事業，還要必須記得問候媽媽的姨婆的小姪女，那女生請多多吞食維他命B群，讓自己的情緒穩定、體力充足、睡眠平穩。

3. **不懂的時候就甜美微笑吧**：香港男人事業有成、經濟實力雄厚，他們習慣以自我為中心，燒殺擄掠，喔不是，縱橫情場。所以我們追求他們的最好手段就是以退為進，談論他喜歡的喜歡，稱讚他專長的專長，對方過度驕傲而我們真的不知道一個男人怎麼可以這麼驕傲時，請不要戳破這個美麗的泡泡，我們是八面玲瓏的女人，內心有質疑時，可以用甜美的微笑溫柔帶過。

4. **男人要女人，不是一個女孩**：女人指的是獨立、有見解、有追求、有趣。這個定義非常清楚了。

屬於你的時刻

在感情關係裡，每個時刻都是一場戰爭（In relationship, every moment is a battle.）。

我第一次聽到這句話就背起來了，不知道為什麼。小的時候覺得那種戰役的角力是跟對方：兩人中間，一定要有一個權力的領導方，另一半只有兩條路走，要嘛乖乖聽話，要嘛在下大雨的半夜頹坐路邊，全身濕透，大唱〈婚禮的祝福〉。長大之後，尤其到了香港之後，我覺得這場戰役的對象可能不是別人，是自己。是每一個時刻，都要挑戰自己活出自己最好的可能。

我相信物以類聚。我也相信當一個女人做到自我定義的完美與無懈可擊，她身邊也會出現一個無懈可擊的男人。無論你想要當夜店女王或是一個深夜捧著新生兒在家哄寶寶睡覺的女人：你必須先做好你自己，才能找到一個勢均力敵的夥伴。這樣的關係才會契合，我們每一個人，都在找同等的另一半。

也因為你達到了自己的標準，你才會有安全感、才有力量、才有權力。那個權力和自信是自己給的。那個聲音會說：「我值得一個好的人生，有趣、豐富、具挑戰，無論有沒有男人在我身邊」。然後這個時候的你，性感大方，幽默風趣，正到不行。然後，然後，後面的故事你們都知道了。一點生活經驗和你們分享，祝福每一個主動掌握生活，做出智慧選擇的女孩們。

跟著不停地轉動，發現另一種冒險的節奏

紐約

180°

PART 4

最性感的未來都在這裡發生了

出發：
我和我的紐約100天

我在幹嘛？看過這個世界了嗎？找到充滿熱情的生活方式了嗎？—— 很像是一個瘋狂的計畫：我給我自己和紐約100天，再一次，我想知道我還有什麼在裡面，還能做到什麼……

當導播透過耳機跟我說：「好，今天最後一則新聞是……」我看著攝影棚裡非常熟悉的布景、提詞機、超大 LED 螢幕，以及六盞大燈時，我覺得這一刻，很像是電影裡會有的鏡頭，一切都用慢動作移動，一格一格推移，而且就在那一瞬間，我忽然知道好多事情：我知道，播完最後一條新聞，我的時間感不會再繞著「晚間黃金時段」運轉，不需要每天坐在梳妝檯前花一個又一個小時，上層層疊疊的妝；或許每天賴床時，還是習慣用手機點開新聞，第一時間想要知道這個世界發生了什麼事，但是這些資訊不需要再被我的聲音播報出來——因為這則新聞播完之後，第一班飛機，我就要前往紐約進行探險了。

連只是稍稍稍微「想過」要離開這個讓許多女孩夢寐以求的位置，對我來說都是意料之外並且十分不可思議的事——更何況我還真的做了。如果有另外一個我，更穩定、更乖巧、更知足，那個我一定會覺得我太莽撞衝動了。「紐約究竟有什麼？你怎麼可以！！！」那個我會

跺腳、會大聲叫囂。

可惜，我並不乖巧。我內心總是不安的。創作時，常覺得自己從裡到外，只有巨大的饑餓蒼白。同時我也很恐懼，自己變得自大自私，停在原地，並沒有進步。我知道很多跟我一樣年紀的朋友，有人剛剛從帕森設計學院畢業，因鬼才的設計理念進了芝加哥最好的建築事務所；有人剛從蒙古固完沙回到城市，晒得一身黑，卻有我看過最美的笑容；有人創業，想降低聽力檢查的成本、有人剛從孕育創業的溫床矽谷回到台灣……等，這些例子不勝枚舉，都是台灣人，都是我的年紀。「那你呢？你在幹嘛？你看過這個世界了嗎？你找到充滿熱情的生活方式了嗎？」我只要閉上眼睛，就能不斷聽到這些在心裡的疑問。

於是，2014年秋天，在播報完最後一則新聞之後，在最後一次說：「感謝您的收看」之後，我卸了妝、脫下廠商贊助的漂亮洋裝，穿起平底布鞋，拖個超大的紫色皮箱，一個人，隻身來到紐約。很像是一個瘋狂的計

畫：我給我自己和紐約100天，再一次，我想知道我還有什麼在裡面，還能做到什麼。

　　走在城市的街道，我背著超級大包包，每天專心看展、上課、聽講座。在朋友的介紹下，約了一個又一個業界傳奇：從彩妝、計量金融、高級時裝、到電影製片、再到室內樂、科技、創業圈……等，我想用心記錄這些台灣人辛勤奮鬥的臉孔。那一定很曲折、一定很心酸，但最後站上國際舞台證明自己，作品在世界流傳。除了記錄別人，我更想讓自己被啓發。我想看的是，100天過去，最後會讓我看見一個什麼樣的「自己」？

　　午夜夢迴的時候我常常在想，爲什麼我們要旅行呢？要變換時空？變換居住的地方？陌生的街道和空氣濕度、連大眾交通工具都很難上手。語言不同、朋友不在身邊，孤單和寂寞是每天睜開眼，最先察覺到的親密夥伴。但是爲什麼每一天，還是有大批的人堅持這麼做：離開自己的辦公桌、原生家庭、學校和社區，離開那些可以定義你的座標系統，然後把自己拋到一個陌生的場

最性感的未來都在這裡發生了

域，要努力重新把「我是誰」的座標再次架設起來。

「什麼對我來說是重要的？」「什麼是幸福感」「金錢的價值」「我真正想做的工作」「我想成為什麼樣的人」……這些最根本的問題，當我們在同一個座標系統裡，跑出來的答案總是一模一樣，大部分，跑出來的答案都不夠好。於是我們咬牙，強迫自己接受恐懼感，跳開舒適圈，原因莫過於期待找出更新更好的自己，過個自己理想中的生活。

這就是我們大部分的人展開旅行、生活在異鄉、結交不同朋友圈的最核心原因。我知道我們身體裡，一直都有自己不知道的潛力，都有一個理想的自己還沒生長完全，而新的環境，是這個「進階版自己」的催化劑：我們可以不一樣，更能當自己的朋友、更有辦法愛人、愛我們的環境。

＊＊＊

時差的關係，第一天抵達紐約公寓時，清晨五點多我就醒來了，睜開眼睛，我看見照亮大蘋果的一道曙光。瞇著眼，我想我看到的是一個新的開始，不會容易，有很多工作要做，而且是一個很私密的旅程，但核心的概念是，我想一輩子都這樣相信，每個人，包括你、包括我，都有更新更好的可能。那道曙光是個提醒，提醒我們要日日新、又日新，永遠保有進步的熱情。

最性感的未來都在這裡發生了

治療公主病的藥方：
千萬別放棄治療

每一個在紐約生活的人，看似冷酷但又需要溫暖，享受著喧鬧也品嘗孤單。這個城市要求你把眼光從自己身上移開，同時也要你自己一個人，學習在沒有人吹捧你、誇獎你、買九萬元 YSL 的包包供養你的城市生活中，學會跟自己相處。

這一天，聽完帕森設計學院「設計的原則」講座後，我穿著平底的靴子，試著從西邊走到下東城找朋友晚餐。一邊走，我一邊在想：如果要把「公主病」這三個字直接翻譯成英文，那會是什麼呢？我會想到 high maintenance（需要高度心力才能維持），或從中文直接翻譯過去的 princess syndrome。我一邊走一邊疑惑，這是亞洲女生才有的特質嗎？好比之前有一句廣告詞：「有點黏又不會太黏」，是不是現代女生也要「有點公主病又不會太公主病呢？」

　　好在，如果說一種病就有一種對應藥方，那我覺得在我所有待過的城市當中，紐約是治療公主病絕佳的城市（當然我沒有生活在伊斯蘭馬巴德過，無從評斷，或許哪天該來試試）。

　　首先，紐約是一個需要不斷走路的城市。

　　人在紐約，真是奇妙，莫名的就會尋求更多空間、知識、智識、身性刺激（一個我寫出來也不太知道是什麼意思的詞）。這個城市就是會把人潛移默化變成這樣，

不論你是來自太麻里、深圳，還是奧克拉荷馬。因為這個城市很大方，各種活動、團體都存在，你出去就會捨不得回家，這個展看完了，要去下一個朋友家，要去下一個讀書會，要去下一個油畫畫室自己畫畫看……

要去的地方那麼多，如果我不是靠私人飛機在多棟川普大樓頂樓來回移動的女生，地鐵就成了一個比較實際的選項。這個古董級的公共設施很多時候比計程車快速，在大紐約地區錯綜交織。紐約地鐵上有各式各樣的人：流浪漢、跳街舞的天才、拉小提琴的學生——車門一打開就是一個小冒險。雖然實在沒辦法太期待地鐵又香又乾淨，但它的確是在城市移動的最好工具。

再來這個城市，名人大街上滿天飛。我朋友看過丹尼爾·戴·路易士，演活《林肯》的男主角；我自己則光是在林肯中心上個廁所都碰到李察·吉爾，當時我還立刻傳簡訊跟媽媽分享；此外，據說李安常常在中國城買菜。這代表什麼意思呢？小有名氣的四川富二代，《富比世》雜誌票選出來的韓國 30 for 30（30 歲以下最有潛力

的30位明星），這些可能在其他城市看起來很厲害的角色，紐約真的太不缺了。多到其實每一個人都很平等，不會有人三不五時關愛你，給你特別的待遇。

我自己的觀察，紐約熱鬧但孤單。那就像在上海、香港這些大城市都有的特質。在這裡，五光十色的刺激很多，很容易遇到新潮的事物，西方文化又鼓勵個人主義，所以你會在某個特定場合，短暫地跟特定人群碰面，但很快這些人又會再各自分散開來。很容易拿到上百個臉書新朋友，但是不太容易找到一個花一下午在中央公園散步的新朋友。

每一個在紐約生活的人，看似冷酷但又需要溫暖，享受著喧鬧也品嘗孤單。這幾點歸納起來，這個城市要求你拚命搭地鐵、把眼光從自己身上移開，不再認為自己是宇宙的中心（因為說真的，沒有一個人是）；同時也要你自己一個人，學習在沒有人吹捧你、誇獎你、買九萬元YSL的包包供養你的城市生活中，學會跟自己相處。

對我來說，如果一個女生可以鍛鍊好這三個技巧，也

最性感的未來都在這裡發生了

其實是功德一件。就算本質上還是一個嬌氣的公主，表面上看起來也稍微的和地表上的眞實人類有些接觸，就這個角度來說，這就是是一個更好的公主，更討喜、更進化，而且說眞的，會更有幸福感。

　我沒有放棄治療，你也不要。

世界太精采，請你趕快站出來

科技迷如我，
來到紐約市中心的孵化器

許多人都在比較紐約會不會是下一個矽谷。有人聽到這個論述嗤之以鼻，有人主張其實矽谷精神已經在紐約發生了。無論如何，我看見紐約有自己蓬勃的科技社群，對創業的激情，和能夠支撐創業潮的蓬勃能量。

「不是每一個人都是蘋果的首席設計師，不是每一個人都站在科技和設計的交界。」──犀利又性感的女生朋友凱兒常常從她的鼻孔呼氣，說出這句話。場景常常是我第657次問她，為什麼六塊肌的男人從來沒有主動說過要去華山看展呢？這中間究竟是存在什麼我看不見的鴻溝？

凱兒要我別再妄想找到這種白馬王子，我從來沒死心過，658次的討論馬上要再來過，不過不過，如果一個人真的不太可能同時站在北極又站在南極，至少，紐約這個城市可以。她夠大、夠豐富、有夠多不同行業的人走在一起，交織出一點像太陽馬戲團的迷幻氣氛。而且如果真的要說科技和設計的交界，到紐約的第三個星期，我來到紐約市中心最潮的育成中心：Grand Central Tech。

如果看香港中環核心地帶，兩棟 IFC 大樓氣勢澎湃，占盡地利，裡頭盡是商業新聞中的明星：跨國銀行、投銀、管顧公司；在台北信義區，101 辦公大樓樓高 508 公尺，地段摩登而新潮，被最新的五星旅館和娛樂場所包

最性感的未來都在這裡發生了

圍，我們看到了 Google 台北進駐。這個商業邏輯非常清楚：最精華的地段，由最有經濟優勢的公司租下來。不過位在 335 號麥迪遜大道上的 Grand Central Building，今年六月開了一個新的孵化器，取名叫做 Grand Central Tech，簡稱 GCT，免費提供科技新創團隊進駐，不收費，不拿任何股權，更沒有年齡限制：如果你有一個能夠震撼世界的創意，那麼這個曼哈頓精華濃縮之地，就是你的辦公室。

對於科技界來說，這是破天荒史上第一遭。相對西岸最有名的加速器，Y Combinator 需要拿 2-10% 的股權，另外 TechStars 也會抽 6% 的股權。站在新創團隊的角度，如果這個機制能夠換來導師制度、工作地點，又能擴大自己的人脈網路，那被抽股份似乎並不是壞事。但 GCT 跳出來，說：「我們更注重吸引科技人才，加強科技創新的永續性，盈利不是辦加速器的目標。」

從商業邏輯來看，這個在第五大道、中央車站、布萊恩公園旁的精華辦公大樓，會讓一個可能連產品名稱都

還沒想出來的團隊進駐，實在有點滑稽。因為看看，它樓上是美國銀行，再早之前，臉書還沒搬到東村之前，一開始進到紐約，選擇的辦公室地點也是在這裡。現在全部換上了穿短褲球鞋、聽電音寫程式的年輕小伙子，還完全不用付錢？

年輕是事實，但潛力無限。375位創業家在GTC對外開放的第一天就前來朝聖，而從近千份的申請表來看，目前只有19隊創業團隊成功進駐工作，這個機會可說是搶破頭：這當中有人做輕便便宜的水質過濾技術、有人做跨國湊團旅遊、有人做線上金融知識平台，專門教育17-20歲的年輕人……等，各個領域都有。當中最靠近我的，是一位穿著淺藍色襯衫、西裝褲的白人男性，他戴著耳機寫程式，看起來非常享受。我們簡短聊了一下，才發現他是剛被《富比士》雜誌評選為紐約最有影響力的前20名創業家之一，彼得・盧瑞爾。他上一個創設的公司Virgin Mobile在全美獲得了獨占性的成功，但是他繼續在移動領域工作與其他年輕人繼續創業。

這種「破天荒」的特例能順利成真，跟當地地產家族支持非常有關係。1960年代就擠進權力中心的米爾斯坦家族，在銀行、地產行業表現非常好，說是紐約地產發展商的霸主絕不為過，半個世紀以來，家族話題不斷，有分家醜聞、有獨立創業的傳奇故事，唯一不變的，是他們舉足輕重的影響力。除了持有Grand Central Building的所有權之外，在紐約可以看到他們贊助自然歷史博物館、醫院，在康乃爾大學可以看見他們出資興建的大樓。今年六月，他們決定開放Grand Central Building一整層樓讓新創團隊進駐，條件只有一個，要你創出改變世界的公司。

家族有資源，所以短程的金錢回報，對他們來說並不是最重要的，他們看中更長遠的發展。在我跟GCT的運營總監麥特·哈里根聊天時，他說：「短期最重要的目標，就是把最有才華的創業隊伍吸引到紐約，因為這才是下一波能推動經濟的動能。我們初期不收任何費用，但長期來說，如果有一個震撼世界的公司成功，那我們

希望有機會投資、也成爲他們的商業夥伴。」在他說話的時候，我看到所有的人埋頭拚命寫程式，有男有女，有白人、亞洲人、印度人。

許多人都在比較紐約會不會是下一個矽谷。有人聽到這個論述嗤之以鼻，有人主張其實矽谷精神已經在紐約發生了。經過GCT參訪之後，我比較傾向後者，就算不是100%的矽谷第二，我也看見紐約有自己蓬勃的科技社群，對創業的激情，和能夠支撐創業潮的蓬勃能量。

我迫不及待想跟我的女朋友凱兒說，至少我找到了一個站在設計和科技的交界的城市，而我正在跟她談戀愛。

而談回來，許多許多人都在問，爲什麼一個「這樣的女生」會喜歡宅宅的科技世界。對我來說，除了我無比喜歡宅宅的世界之外，愛上科技這件事，跟我的個性有關。我的朋友圈，都能受到新的事物啓發，總是被新的知識、發明、理論激勵。「For those who can, build.（有能力的人，趕快創建吧！）」，這句話是我們的座右銘。我們失敗得很快，但是我們更快地爬起來，所以有

最性感的未來都在這裡發生了

人用科技背景打造賣水餃平台、有人用虛擬實境技術帶
領民眾體驗旅遊景點，這些我們在酒吧聊天聊出來的小
夢想，逐漸變成可能的大事業：這就是科技的力量。而
怎麼設計出一個好的工作流程、產品使用介面、甚至是
一份好的PPT，跟怎麼理解人的需求也有關連。

我喜歡科技和設計的交會點，說到底，那是因為我相
信人的價值，體現在完成一個更新更好的夢想，就這麼
簡單。

世界太精采，請你趕快站出來

紐約魅力：
15分鐘換來大師演講

這一天，原想來個健康下午茶，但陰錯陽差，我一邊吃著油膩膩的中國餐，一邊看著雜誌廣告：紐約正隆重推出建築月活動，當中最重要的講座，就是晚上這一場。於是我二話不說，換好衣服，跳上計程車，15分鐘之內就到了講座會場……

「所有的媒體都在問我，下一個大事件是什麼。我從沒有一次能回答過。我對回答這樣的問題沒有興趣。我希望我的好作品、能夠感動人的大計畫，不是我用嘴說，而是在我自己探索、實踐的過程中發現的。這就是設計，跟做菜一樣，你從來沒辦法確切知道這個過程最後的產出。」

這是Roman & Williams的合夥人羅蘋·斯坦福德在拿到「庫柏·休伊特國家設計獎」之後，在紐約十月建築月，跟台下觀眾說的話。R&M是美國知名的建築室內設計事務所之一。他們最為人熟知的項目應該是紐約的Ace Hotel，雖然還有更多的餐廳、住宅大廈都是出自他們之手。

這一天，我在紐約的行程是這樣的，在跑了半小時的中央公園之後，我想來個《享受吧！一個人的旅行》裡面女主角在義大利煮個什麼蘆筍、水波蛋、覆盆莓的健康下午茶，但一連串的失誤之後，我的肚子已經叫到一個快令我耳聾的程度，於是我還是到樓下買了中式餃子和炒飯，油膩膩地吃了一大堆，完全忘記自己跑了半

小時究竟是所為何事？我一邊吃，一邊看到雜誌上強烈地打著廣告，紐約正在隆重推出《Architoboer》建築月活動，當中最重要的講座，就是晚上這一場，把室內設計、建築、服裝設計、科技設計的全國設計獎得主聚集在一起，分享他們的創作經歷。於是我二話不說，換好衣服，跳上計程車，15分鐘之內就到了講座會場。一開場，分享的就是羅蘋。

R&M的作品在市場上非常受歡迎，而羅蘋的先生也是這間事務所的共同合夥人。儘管她和先生的距離這麼親近，當主持人問她：「什麼是設計，這是個可以事先規畫的經驗嗎？」她告訴我們，作為一個好的設計師，會有和客戶必須要解決的主要問題，但是設計的過程和學習一樣，它是有機同時不斷變動的。她在每一個案子中間都在學，同時也堅持保有學習和創作的私密性。

我很喜歡她說「私密性」這個詞彙的眼神。儘管我們跟著男朋友、先生、另外一半有著事業上情感上不可能割離開來的交集，但是學習和創作的過程，最後終究是

世界太精采，請你趕快站出來

對自己負責。

論壇上另外一個霸氣的設計師，是這一屆國家設計獎的服裝設計得主納西索‧羅德里格斯。如果你常常關心美國第一夫人蜜雪兒的穿衣風格，你就常常會看到納西索的作品，嚴格的幾何線條，似乎在用織品、線條在說一個關於品味和自我要求的故事。《Vogue》的主編溫圖曾經用「這是我見過最美的線條」來形容納西索的作品。納西索比較嚴格，不會跟台下開玩笑，他說他每一天經過紐約的街頭，看到的每一個意象都會拍下來，訓練自己要對外在的世界保持敏銳、有所反應。「很多人都說要設計出最美的女裝，好像這個世界的女生全部都是 21 歲的洛杉磯名模。為什麼沒有人說我要設計出無論任何膚色、年紀、體型、文化，穿出來都非常好看的衣服？——我的設計就要這麼做……我想可以直接說，所有的設計師都是控制狂。那是因為我們會把美的概念貫徹，從最簡單的草圖開始到最後產品的革命。中間的過程就是我們的選擇。有的時候選擇什麼不做反而更為困難。」

台下一位穿著非常奢華的年輕女生忽然提問，問說如果自己要轉行，從金融轉為服裝設計，這個跳轉合理嗎？納西索只是很簡單地回答：「如果你真的熱愛，不合理不會是一個被你接受的答案。」頓時台下一片安靜。這麼老掉牙的理論，從大師口中說出來，感覺真的不一樣——你可以感覺得到，高度競爭尖如牛毛的時尚產業，納西索從最小的借衣服、乾洗衣服的小弟做起，花了無數的時間看圖、累積作品、辦小型展覽，向別人證明自己有才華，這真的不容易，直到今天，我們看到美國第一夫人穿著她的衣服參加國宴、走進百貨公司看得到他的品牌香水。我們不會看到納西索這一路走來有多少艱苦的挑戰是在暗夜裡吞了下來。

　　我忽然想起，臉書的首席設計師瑪麗亞‧吉迪斯（Maria Giudice）三年前剛剛任職的時候，接受《財富》雜誌專訪，就開始倡導設計長 DEO（設計長）的概念，她認為跨界和複雜性是 21 世紀公司的共同挑戰，而好的設計師都擁有化繁為簡、系統思考、設身處地的特

色，因此更適合擔任公司的執行長；或是反過來說，現代執行長也在朝設計總監的角色過度。瑪麗亞曾經說：「愛公司不如愛產品，現代消費者，先愛產品才會愛公司。」我想了一下，Airbnb、蘋果、YO，都是如此：好的產品設計師都是幕後大功臣。

整場論壇上最宅的設計師，是一位Google員工亞倫·柯布林（Aaron Koblin）。他的作品高度跟數據使用密度，科技工具如何嵌入人類生活有關係。在這個快速生產自動化、科技化的時代，亞倫跟我們說，如果整個創作行為有一個光譜，光譜的左邊是設計（人為、介入、個性的），光譜的右邊就是依程式規畫好的科技化生產。越來越多的數據從右邊會去告訴左邊應該怎麼做，但是就算是最好的資料搜集過程也沒有辦法「預知」好的創作精神。所以不要用數據的思維去完全引領創作的方向。好的創作者應該在整個光譜中間不斷游移。他的論點換來台下的一片掌聲。

紐約真的是個了不起的城市，整個論壇兩個小時，安

靜地在紐約流行設計學院的講堂開展，離我家不到15分鐘的距離。我很常聽到藝術創作者說，他們怎麼樣都不想更換他們居住的城市：如果他們的公寓發生了殺夫、血染磁磚，或是突變的昆蟲出現，他們還是不會離開在曼哈頓的公寓。紐約之所以是紐約是有原因的：15分鐘就換來這樣一場設計界的奧斯卡論壇，哪座城市有這樣的魅力？

世界太精采，請你趕快站出來

我們在臉書上說話，
究竟想說給誰聽？

臉書是場無止盡的追逐遊戲，究竟能不能換算成實際生活的幸福感？如果只是把更多的相干與不相干的人全部拉進同一個房間裡面，這個遊戲還好玩嗎？

第一次聽到 Facebook 的時候，我人在波士頓，那是個下雪的冬天，我躺在宿舍沙發上，敲著一支不能上網的手機，一字一句打著簡訊發回台灣。我一邊打一邊聽宿舍裡一位印度裔的心理系書卷，說她透過臉書，找到隔壁棟的另外一位書卷，組了個一星期一次的讀書會。那年，2005 年，我在 Eliot 宿舍二樓，用剛剛開通不到一年的 Gmail，註冊了一個私人的臉書帳號。第一次上臉書，「沾黏」時間 3 分鐘不到，我看不太懂（也不習慣看）英文介面，而且我一個「臉友」也沒有——我並沒有留在這個產品的動力。

　　Facebook 這個字再一次撞進我的心裡，是 5 年之後，2010 年大衛‧芬奇執導的電影《社群網戰》全球暴紅，賈斯汀飾演西恩‧帕克，這位創立 Napster 音樂共享服務的矽谷高富帥，聽到他們打算起用 The Facebook 這個名字，突然對著鏡頭說：「不要 The，用 Facebook 就好。」讓我心頭一振，耳際發嗡，腦袋快速倒轉回 2005 年的冬天……

這世界發生了什麼事情？那個我聽了翻白眼，覺得西方國家學生愛用，但我可能一輩子也不會用到的產品，怎麼忽然間變成這樣火紅？2013 年底，臉書每個月的活躍用戶來到了 11 億 9 千萬；使用者每小時會上傳超過 1 千萬張新照片、每天留言計次超過 30 億。大事像是我們畢業、搬家、結婚、換工作在上面公告；小至我今天吃壞東西拉肚子、老闆的小三打了幾通電話，或房間新生成的螞蟻窩，都想要分享。

　　而新一波的行銷戰在臉書上殺得臉紅耳赤，購物、追星、資訊傳播這些效應是不斷外擴的漣漪。「人們總是和朋友一起，做什麼都一樣，線上也一樣。在社交管道能推陳出新的公司，最能獲得成功，」eBay 負責臉書電子商務的前高階主管大衛・費雪這麼說。2011 年底亞馬遜活躍用戶是 2 億 3000 多萬，跟臉書差距極大。

　　我剛才看了一下，全世界粉絲數最多的藝人夏奇拉的臉書專頁上，粉絲有 9 千 6 百多萬。而在收購了 Instagram、WhatsApp 之後，臉書開發新聞閱讀器 Paper，

儘管再多分析評論說它華而不實，依舊讓傳統媒體通路緊張了一下。最新動作臉書收購了 iPhone 的運動紀錄應用 Moves，藉此打進運動領域。

它很大，真的很大。而正如所有大型複合體，它很混亂。

顯性的臉書功能，是我們每天在分享、經營社群、辦活動，這容易掌握一些；隱性的功能則是非常錯綜複雜而不明顯，我們隱約知道它是一本電話黃頁、是交友平台的 OKCupid、是號稱約會神器的 Tinder、是商務人士最愛的 LinkedIn，它更可以是一個隨性而機動的獨立民調單位 Pew Research Center……舉例舉不完。

一開始，我們在平台上活動，想擁抱人群，但慢慢卻發現好像跟小學同學、大學室友、雙親、親戚、前男友、前女友、最好的朋友、最討厭的同事、房東、戶政事務所的阿姨、里長伯全部待在同一個房間：我們尷尬地妝點自己，走起路來有點內八，擁抱的時候手伸出一半，胸口離對方很遠。在臉書上，我們時而美化自己、時而誇張

地曖昧、時而極端；必要時，則拚命按刪除鍵。

2010年的《社群網戰》的確紅到不行，但到了2014年，面對臉書，大家卻像是戒不掉的癮君子。我們討厭臉書，討厭死了，討厭每天滯留在上面的時間，可以超過平板、電視、超過認真上班的時間，而且一天下來，腦袋的洞也沒有因此補平——但我們離不開它。我們討厭地抱怨：明明應該是我用臉書，為什麼有種被臉書綁架的感覺？

更弔詭的是（我自己就深陷在這個迷宮中轉不出來），我們每天上傳自拍照給自己的朋友圈，但其實我們的朋友都知道我們長什麼樣子，就算我們美瞳用得再誇張，對朋友來說還是一樣；朋友知道我們的個性，無論我們今天有沒有在 W 池畔打卡、有沒有到尼泊爾旅行、有沒有去聽孫燕姿的演場會，都很難透過一則訊息的發布，改變朋友對我們的觀感。而如果發布的對象是陌生人，那就更怪了，陌生人為什麼會花時間關心我在做什麼、吃什麼東西、聽什麼音樂、為什麼難過？

我常常在想，當我們寫了一篇文章、分享一個特定時刻的心情、上傳一張照片，而選擇發布在臉書上面的時候，10 個讚、100 個讚、1000 個讚，這個無止盡的追逐遊戲，究竟能不能換算成實際生活的幸福感？如果從 2005 年我第一次聽到臉書到現在，都不太能對提升真實的快樂有幫助，而只是拉進了更多的人——親人、熟人、疏遠的人、陌生人——全部踏進同一個房間裡面，那麼這個遊戲還好玩嗎？我真的沒有答案。

　　就算不見得好玩的遊戲，大家睡前還是瞇著眼睛都要看一下，半夜起來上廁所也要看一下，千百年後的人類行為學家會怎麼形容我們呢？（苦笑）

最性感的未來都在這裡發生了

小學生Maker報到，
改變世界看他們

全球都在瘋Maker！創新不再只是大企業的強項，我在紐約看見一位7歲自造者的好奇與野心，而且，這樣的孩子不只一個……

2014年底11月在紐約的科技盛事之一，就是流行科技網站 Engadget 在曼哈頓河邊的大型的展館，舉辦了一年一度的展覽「Expand」。望名思意，這個展覽像是接下來一年科技圈大事的前哨戰，有風向球的意味。兩整天的展品、攤位，還有主題演講，都是朝著科技的前沿發展看齊，以下是一些不可錯過的發展浪潮：

浪潮1：3D列印熱度不減，應用更多

歐巴馬才剛在白宮，花了一分鐘的時間，讓數十台攝影機捕捉他的五官和神情，再由3D列印機印出他的半身乳白色雕像。目前在美國，3D列印的應用，上到美國總統，下到幼稚園小朋友，都有可以參與的地方。Expand現場有3D列印兔寶寶鐵圈，成為小朋友「動手做」的新玩具，30秒就可以完成，還可以連接電腦，小朋友能親自繪圖，或是修改電腦草圖，再一鍵3D鐵圈列印，活像超高級進階的 DIY 玩具；現場還有一台3D列印水果食物

機，只要滴入一滴水果原汁，就能列印出有水果口感、質地、顏色、味道的固體粒狀水果，目前運用高級的創意料理餐廳。甚至在一般大眾的應用也很廣，例如在現場，一個專門列印房屋室內裝潢的 3D 列印機，讓客戶可以在電腦上面跟設計師一起修改草圖之後，直接看到列印出來的等比例房屋模型。

浪潮 2：機器人跟人類更好的結合

在美國，機器人研究已經有長久的歷史了，但一個機器人怎麼跟人類生活更好地結合，這個問題意識始終歷久彌新。今年在 Expand 的現場，看得到和人等高，自動移動的機器人，上頭裝著攝影機，透過聲控，會立刻攝影捕捉家裡死角，記錄當時發生的事情。它還會內載通訊軟體，和遠方的親朋好友互相連繫，只要一個口令，機器人就會立刻來到你身邊，啟動聊天模式，讓用戶不用坐回電腦桌前，也不用再拿著平板或手機 FaceTime；

還有一個小型機器人的功能，是會隨著音樂一起搖擺跳舞，非常靈動，娛樂效果十足，機器人化身變為家中的動態裝置；其中一個主題特別有趣，找來好萊塢專門設計機器人的科學家，現場告訴觀眾他們設計機器人的過程，像是電影的《鋼鐵人》《變形金剛》，或是《鋼鐵擂台》的拳擊手……等，讓大眾知道這些在鏡頭前非常風光的機器人角色，其實背後也有精密的演算邏輯。

浪潮 3：穿戴科技更時尚

更多的穿戴科技出現，而且是以生活精品、穿搭配件的姿態出現，再也不是一個冷冰冰的科技物件。例如我在現場看到一個智能戒指，上頭會發出不同顏色的六種光芒，提醒用戶 Uber 到了、有信件、有鬧鐘、有短訊……等，能夠自己設定亮光顏色和震動強度；另外會秀出 LED 文字信息的黑色夾克外套，讓人成了活動廣告看板；還有專門讓芭蕾舞者穿的記憶布料，能夠吸汗

排氣的同時，能記憶身體延展線條的極限，等到身體下次拉展到同一姿勢的時候，輔助舞者超越上一次身體的紀錄；另外還有一款情緒偵測項鍊，只要用戶一開始用 iPhone 講話，就會開始分析說話的頻率和心跳，開心與否都會轉換成一個特定的顏色，在項鍊上發光，別人一看就知道之外，也會統計數據給用戶，讓用戶觀察自己的情緒大數據。

浪潮 4：追求臨場感的交互設計

我在現場看到 Engadget 的資深編輯，拿著一款 hTC 最新出的白色照相機，走到哪裡就拍到哪裡，相片和手機藍芽連線、備分，一回到後台，就能立刻發表作品。其實不只是業界有這樣的需求，在 Expand 的現場，看到許多台 360 的攝影機，有的還能把影像投射到一個大型的球狀載體，人在上頭看起來很像活在《楚門的世界》，但因為 360 度的視野，其實比人的眼睛都還看得更多，因此

這種沒有死角的視野，呈現的氣氛，和我們習慣的2D的平面攝影，感覺相當的不一樣，更有逼眞感。另外，現場時常看到大型的擴增實境結合遊戲軟體再結合手勢操作，可以讓兩人戴上護目鏡之後，互相在遊戲裡PK，透過偵測身體的移動，或是手部姿勢的擺放，進行一場遊戲。

＊　＊　＊

其實，現場讓我印象最深刻的重點是，有非常多的青少年會找業者聊很長的天，他們可能在現場看到一個新穎的科技產品，就不斷地請教發明家設計產品或UI的問題，這些學生年紀都非常小，可能像是高中生，但無論男生女生，都有數不完的問題可以跟發明家討論。常看到一個小攤，外面排了長長的學生人龍爭相發問。他們互動得很激烈，就算是7歲的學生發表對於科技的看法，35歲的執行長都會跟他談話。這跟台灣的教育生態很不

一樣！在台灣，學生的念書時間明顯比其他地方的學生都還要多：我們考了更多的試、花更多的時間待在教室裡，花了許多錢補習，社交生活說穿了也圍繞著學校。畢業後，狀況通常是學生對系所或是所學的領域沒什麼熱情，也不知道周遭狀況，對重要社會議題沒有見解，沒有學習如何學習的能力， 對外界觀感來說也很遙遠。恐怕這樣的教育產出，跟創業環境低迷、害羞（或過度自大）、少了團隊抗戰能力都脫不了關係吧。

世界太精采，請你趕快站出來

歸零的必要性

似乎在家鄉不能做、不可宣揚、不適合追求的，到了地球另一端就可以──搭飛機這段時間提供一個緩衝，讓你能仔細地想、靜靜地分析，自己究竟想成為什麼樣的人……

來到紐約已經一個半月了，現在講這個有點太晚，但是我還是想寫一下「搭飛機」這件事。很多人討厭搭飛機，除了有安全的疑慮外，在飛機上的狀態實在有點滑稽：要像小寶寶一樣聽從別人指示、吃怪異口味的餐盒、皮膚一不注意就乾到要皺起來、不得不睡覺……等。（我每次想到這點都有點哭笑不得，平常忙起來，多睡一分鐘都像爬珠穆朗瑪峰般困難，爲什麼有一種人類行爲要逼我連睡 10 個小時？）不過我一點都不討厭搭飛機，除了可以終於寫點東西，我喜歡在飛機上，空間、時間都消逝的感覺——那是種一切都歸零的美麗狀態。

日常生活中，能定義你的就是你所在的文化脈絡、時間和空間，如果這一切都不再存在，你是誰？你會「選擇」什麼？這個充滿魅惑的問題，一再一再驅使旅人踏上不同的旅程：「我要怎麼重新定義自己？」無論是火車、飛機（或許將來可能會有太空梭），連接這端到那端的通勤，就像種緩慢的儀式，慢慢把你身上定義你的形容詞，一層一層剝開。如果你想要、也夠勇敢，你可

以重新選擇個性、喜好，重新堆砌關於理想人生的種種細節。如果我們不懶惰並且貫徹這些新的改變，「異地的小瘋狂」就可能真的成為人生的真實。

我好朋友 Tracy，她到德國的第一天就把自己的頭髮染成粉紅色。在她心目中，她一直應該是個粉紅頭髮的女生：帥氣、獨立、任性的標新立異；另個才華作家 Judy，之前在台北天天為了多角戀情牽腸掛肚，但一到了阿根廷，立刻把頭髮綁起來練舞，還在舞團裡找到她現在的先生：似乎在家鄉不能做、不可以宣揚、不適合追求的，到了地球另一端就可以──搭飛機這段時間提供一個緩衝，讓你能仔細地想、靜靜地分析，自己究竟想成為什麼樣的人。

來紐約之前，我希望我可以把目光從自己身上移開，不要讓自大和自私變成習慣，不要原地踏步，總是用舊的形容詞形容自己。不要認為自己的角色僵化而且一成不變，一定得要做什麼才算是「成功」。很意外，這個願望在紐約非常容易實現。我來的第一個星期，就認識

一位年薪兩百萬美金的律師，他今年40歲了，8月份辭掉工作，在流行設計學院從頭學習怎麼畫插圖，他想當位服裝設計師，就算他的同班同學是18歲也絲毫不在乎；一位五官美麗的高材生，努力跑去巷弄每一間便利商店兜售飲料，她在打工存錢，想開自己的影像製片工作室；前兩天，我的朋友跟我說，他認識的一個街友，靠著賣帽子，最後竟然買到了漢普頓的一棟別墅。這些例子在紐約俯首即是，口耳相傳，好像沒有任何特別的地方。就這層意義來說，紐約是讓人「重新歸零」的城市，她不管你之前是誰，多好或多壞，來到紐約，你就是嶄新的個體，得不斷學習，不斷調整，直到確立自己的獨特風格。這也是紐約作為一個偉大城市能給的，充滿空間、挑戰，但一切都可能。

這就是為什麼幾十年來，偉大的故事都在這裡誕生，而藝術家們熱愛這座城市。

寫文章的此刻，我回想起小的時候寫過一篇日記，我寫道：「我想過不平凡的人生，不想過一個渺小、貧

乏的人生。」我猜當時，連我自己都不知道我想表達什麼。如果我知道要表達什麼的話，我會這樣說：不平凡跟出名、有錢、有權勢、有聲望沒有關係，也不是說我要做盡所有冒險犯難的事，事實上，跟這些外在的事情，完全都沒有關係。我想像的不平凡，是內在的寬闊，能容納各種體驗並且自然地回應，同時隨時準備好歸零、學習、歸零、學習的反覆，一次又一次經歷豐富的人生故事。

今天，轉眼間，我在這個離家千萬哩的城市（天啊，真的好遠），已經生活了90天了。在這個沒有任何外在光環定義我的真空階段，我想起了這個小時候我給自己的期許，看了看我身旁的帝國大廈以及人來人往的曼哈頓街道，忽然覺得人生的安排真的很逗趣，又似乎非常合邏輯。

世界太精采，請你趕快站出來

紅磚屋頂上的微風

我的動能或許就是這種一刻也停不下來的騷動性
（restlessness）——想有個更高的屋頂、更豐富的學識、
居住過更多的國家，結交更多有趣的朋友。這或許沒辦
法讓我有任何一個時刻滿意知足，但至少它推動著我不
斷前進。

艾倫‧狄波頓寫過一本名為《幸福的建築》的書，大意是在說，一個人的居住空間，會影響他的幸福感。我非常相信這件事。到紐約之前，我花了許多時間，在網路上四處尋問「哪裡是紐約最適合居住的地方」。後來發現這個問題如同海裡撈針，因為紐約每一個區都跟其他地方迥異。如果要考量包含大紐約地區：布魯克林、紐澤西、皇后區……那更是選擇繁多。而且在紐約生活往往不是一個複選題：既然要考量租金，就要忍受比較長的通勤時間；如果想要便利，那可能要忍受吵雜髒亂的觀光區；如果要「東區東區」又是藝文氣息、又是中央公園、又有林立的酒吧餐廳，那荷包就要準備飽滿一些。很難樣樣俱全。

最後，透過當地朋友的幫助之下。我選擇在東村落腳，在一棟標準的曼哈頓紅磚屋的頂樓住下。

這棟紅磚屋有它自己的個性，房東用滑雪板、世界各地的明信片、窩心的家具來裝飾整個空間。它有自己的個性同時也溫馨舒適。我來到的第一天就在閣樓房間睡

得非常香甜。紐約東村是極為便利的地方，24小時的熱食雜貨店、油到不行的披薩啤酒小攤、還有淋上3勺肉醬還不夠的熱狗連鎖店……等，這些都在走路可以抵達的範圍。重點是它也是個夜夜不眠、常常聞得到酒精和「奇幻蘑菇」的地方：它熱鬧、充滿聲音、顏色、不同口音，最不缺的就是各式各種辦趴的理由。

剛住下來的頭一、兩個星期，如果我說我每一天都認識10個新的朋友，那我並不誇張。

除了認識朋友的朋友之外，我花許多時間跟雜貨店的墨西哥人聊天，他天天幫我煎蛋，天天幫我在一片土司上抹上奶油、另一片抹上藍莓果醬。我們聊聊天氣、聊墨西哥的食物和酒，有的時候我問他，他年紀那麼輕，為什麼看起來那麼憂愁，是因為不喜歡工作嗎？他跟我說不是，因為他更年輕的女朋友在墨西哥家鄉，遠距離實在很辛苦。

或是一天，我一個人到了MoMA現代藝術博物館，排隊的人潮實在太多太多了，我頹喪折返的時候，遇到了

一位溫文儒雅、西裝筆挺的大叔亮出一張金色的VIP卡，他說他要帶我進去，我們聊了一下日常話題，聊他出生的地方，聊他對於抽象畫派的理解，後來他帶我穿過人龍的時候，我聽到背後的工作人員叫他館長葛蘭。

後來交朋友的速度稍微減慢之後，有一天，我開始自己一個人探索住家和社區比較安靜的一面。我發現這棟公寓有一個小屋頂，如果爬上屋頂往外看，可以看見形狀特殊的帝國大廈，或是更南邊的華爾街金融叢林。每當時間接近傍晚的時候，住宅區大樓的燈會慢慢亮了起來，形成有節奏的律動。我全身忽然放鬆下來，慢慢躺在屋頂上一個圓形、嫩綠色的大躺椅上，我整個人陷在軟軟的躺椅裡，我感覺像被一個溫柔的軀幹擁抱，支撐所有身體的重量、期待、寂寞和迷惘。看著這個讓人迷幻的城市，被溫柔的風輕輕地吹拂，然後就在晚霞中睡著了⋯⋯

後來我就常一個人抱著電腦，來到屋頂上的小天地寫作。

我們常常說寫作要貼近城市，聽它的聲音，觀察它顏色的變化，注意人們行走時臉上的表情。儘管我很努力，我卻發現這件事情在曼哈頓很難做到。它的顏色太過斑斕，講著800種不同語言的人群，實在很難歸類。而在這個走路怎麼還可能更快的城市中，或許每個故事都值得大書特書，也因此，更難起頭選擇。很難想像，有這麼這麼多的人都在這裡，建築起他們的生活，找份工作、結婚、試著養育後代。很難想像，當我們以為美國是世界文化的重鎮，而紐約又是美國文化的輻散地時，這座城市曾經經過這麼大的攻擊，然後有毅力地存活下來。

　　寫作的此刻，在地理的距離上，我離家非常遠，看著曼哈頓天際線，腦袋浮現的卻是台北幾個小巧的公園，或是公園旁賣著豆花的小攤。以前讓我覺得貧乏、單調的日常生活，卻織起一層淡淡的鄉愁，把我包覆起來。說來真的好笑，我們總是在這裡想念彼端，這個原則在我身上尤其屢試不爽。從大學選擇的科系、交的男友、居住的城市，甚至是某一天晚上看的電影都可以被挑

世界太精采，請你趕快站出來

剔——我如果買了《變形金剛4》，在走進電影廳之前，看到別的廳在放《酷斯拉》，我就會覺得《酷斯拉》一定比較好看。（但老天爺，我明明兩部片都沒看過啊。）然後我會非常自責，覺得自己為什麼不能聰明一點，一開始就買《酷斯拉》的票呢？

有一次，我在藝術氣息濃厚的紐約翠貝卡區域，一邊看藝廊裡隨便都 6000 美金起跳的衣服，而覺得吃驚之際，一邊無意識跟我的可愛女生朋友 Tracy 說：「我真希望我能夠去旅行，到一個遙遠的國度，或許是中南美洲。」Tracy 用不可置信的眼神看著我，像在看一個慾望無止盡的可怕巫婆，然後她跟我說：「你到了中南美洲看完獵豹之後，你會寫信跟我說你想去火星。」

我愣住了，看到了內心無止盡的黑洞：我竟然在旅行當中幻想旅行。這就像是跟在喬治·克隆尼約會的時候，還希望王力宏對我唱情歌。

可是我這麼自我安慰地想著：大到一座城市、一個國家，小到一個人，都有趨進的動能。我的動能或許就是

最性感的未來都在這裡發生了

這種一刻也停不下來的restlessness（不能停止下來的騷動性）——想有個更高的屋頂、更豐富的學識、居住過更多的國家，結交更多有趣的朋友。這或許沒辦法讓我有任何一個時刻滿意知足，但至少它推動著我不斷前進。

在沒來紐約之前，我常常會想要修正這個習慣、那個個性或想法。但是今天傍晚，在這個住家燈火已經完全亮起來的此刻，在一個安靜、小巧、非常難得的曼哈頓靜謐夜晚中，我想跟自己說，就這樣，在新的城市，要張開胸懷，努力接受自己可能的樣子，就算看起來缺陷很大，還是要睜大眼睛用力地愛自己的每一個不完美的特質。這其實就是在紐約841萬人口，日日夜夜努力練習的精神，用自己獨特的姿態，不遷就、不委屈，一起譜寫城市的光榮。

世界太精采，請你趕快站出來

城市女孩的寫作慾望

不論你是誰，找到「那件事情」的過程，真的非常重要。因為一旦發現它並且重複運作的時候，你就會像是有四隻腳站在地上，安穩、快樂，而且充滿熱情，不論外在的世界再怎麼變動，你都會感到平安……

很多人好奇，好好的一個新聞主播，幹嘛要花這麼多時間寫東西。

「你並不是作家，寫得好嗎？」常看我寫東西寫到抓頭髮的J，今天又在咖啡店用戲謔的眼神問我。我心裡也常想：「我不是鍾子偉、肆一或九把刀，我究竟在幹嘛？」為什麼我要花大把精力寫旅行中的城市樣貌、寫人物的氣質和個性、寫創業公司文化或這一代的普遍心情？

但常常這些疑問在我的腦海中只會停留一秒鐘，然後我又很自然地開始寫起東西。那種自然的程度，已經像是我們從來不會停下來想：「為什麼星期二在星期一之後出現」。哲學中有個字眼，叫做 A Piori，哲學定義是「先驗之事」。寫作對我來說，好像就是這種東西。

比起疑惑為什麼我有強烈的創作慾望，我更常出現的感覺是害怕：怕抓不住靈光閃過的瞬間，讓詞句憑空溜走，那像是背叛自己的感覺，好像我不用心記錄自己的轉變，很對不起時間和生命。我不想七十歲抱著孫子的時候，當他問起我的人生經驗，我給出一個很蒼白的答案。

有個故事是這樣的：美國有個天才型作家，到了晚年寫了自傳討論他跟靈感之間的關連。他認為世界上有一位專管創作的神，透過人類來表達想法。某天這名作家在美國中部的一條公路上開車，忽然間又感到靈感從腦袋不斷汩汩冒出，但他當下沒有紙筆，什麼也不能做。情急敗壞之際，他抬起頭來大吼：「萬能的神啊，謝謝你給我素材，讓我接觸藝術以維持生計。但神啊，能不能行行好，晚點再來找我？難道你看不見我在開車嗎？」

　　作家跟靈感之間的關係就是這樣：隨機而被虐，一點主控權也沒有。但想來這也是真的，創作如果有一種模板可以練習，就是匠氣，而並不是人類的精神展現。

　　「所以你究竟為什麼要寫東西？你難道不怕沒有人看嗎？」J又在我前面，第479次問著這個問題，戲謔到他已經整個人歪坐在窗台上，墨鏡拉下掛在鼻梁上歪嘴問我。

　　我想這是一個很好的問題？對啊，我不怕嗎？

　　我想寫作給我的感覺從來都是雙面的。好處像是你可以賦予事件生命；諸如你看到身邊的的朋友在轉貼文

章，有人喜歡，有人不喜歡，不論怎樣，反正就是有人看了；諸如會接到名為「忠實讀者」的來信，那封信比中獎的發票都還來得讓我開心，好像有人一直默默地關心著你，感覺很舒服。但它的另外一面也始終無比殘酷，因為我曾經經過一個時間點，我忽然再也寫不出來比從前更好的東西，或是腫著眼睛好不容易寫出來的作品，市場並不喜歡：當我睡了三個小時半夜又爬起來點開來看臉書，結果一封回應都沒有，那真是讓人難堪又自我懷疑的事。

我又發現，作家跟市場的關係也是這樣：隨機而被虐。沒有主控權。

但儘管在文章擴散度上，有時我拔得頭籌，有時我輸得灰頭土臉，我還是衷心地享受這個寫作的過程。這個過程勝過我畫上濃厚的妝容，勝過當所有的新聞資訊無痕跡地經過我，但卻沒有我的聲音。然後，長久下來，我慢慢發現我熱愛寫作這件事，更勝於我討厭自己沒辦法寫出受歡迎的作品。這個發現非常重要，因為這是在

最性感的未來都在這裡發生了

說，我熱愛寫作更勝於愛我自己的自尊；這是在說，我熱愛寫作更勝於愛我自己。

這也就是為什麼我可以撐過有時並無緣由的市場喜惡，還是繼續創作。

而當市場結果變得無關緊要時，我知道我唯一需要做的事，就是拎著我的腦袋回到電腦前繼續寫，因為那是我真正熱愛的事情。我必須一篇一篇又一篇文章的接著寫：這當中有一些文章你會喜歡，有些你不會。有些文章會造成一些熱潮，有些文章會慘敗得一蹋糊塗，但因為我熱愛的是這件事情本身，我就能在市場的浪潮中感到安全，並且維持住最初的樣貌。

我發現，今天不論你是歌手、演員、創業家、運動家，或是任何一個想要在生活中感到安全踏實的人，找到「那件事情」的過程，真的非常重要。對我來說那是寫作，但它也可能是一種運動、宗教、織毛線、科技、繪畫、語言……等等等。因為一旦發現它，並且重複運作的時候，你就會像是有四隻腳站在地上，安穩、快

樂，而且充滿熱情，不論外在的世界再怎麼變動，你都會感到平安。而且，很奇特的，在這個重複的過程，你就有辦法做到最好，發揮出最多的潛能，享受自己從來沒有想像過的精采人生。

　　這才是寫作教會我的，最重要的事情。

最性感的未來都在這裡發生了

圓神出版事業機構　Eurasian Publishing Group
用心閱讀對話．視野無限寬廣

先覺出版社　Prophet Press

http://www.booklife.com.tw　　　　reader@mail.eurasian.com.tw

人文思潮　117

世界太精采，請你趕快站出來：30世代的勇氣與挑戰

作　　者／路怡珍

照片提供／路怡珍‧林煜幃

發 行 人／簡志忠

出 版 者／先覺出版股份有限公司

地　　址／台北市南京東路四段50號6樓之1

電　　話／（02）2579-6600‧2579-8800‧2570-3939

傳　　真／（02）2579-0338‧2577-3220‧2570-3636

郵撥帳號／19268298　先覺出版股份有限公司

總 編 輯／陳秋月

主　　編／莊淑涵

責任編輯／莊淑涵

美術編輯／林雅錚

行銷企畫／吳幸芳‧詹怡慧

專案企畫／吳靜怡

印務統籌／劉鳳剛‧高榮祥

監　　印／高榮祥

校　　對／許訓彰

排　　版／杜易蓉

經 銷 商／叩應股份有限公司

法律顧問／圓神出版事業機構法律顧問　蕭雄淋律師

印　　刷／龍岡數位文化股份有限公司

2015年9月　初版

定價 310 元　　　　　ISBN 978-986-134-260-3　　　　版權所有‧翻印必究

◎本書如有缺頁、破損、裝訂錯誤，請寄回本公司調換　　Printed in Taiwan

我最大的恐懼並不是來自於死亡、財富、名氣的匱乏，我最大的恐懼是，當我年過中年，某一天早晨起床，發現自己庸庸碌碌平凡的過了一生，變成一個自大、自私而且無趣的人。

——路怡珍

◆ **很喜歡這本書，很想要分享**

圓神書活網線上提供團購優惠，
或洽讀者服務部 02-2579-6600。

◆ **美好生活的提案家，期待為您服務**

圓神書活網 www.Booklife.com.tw
非會員歡迎體驗優惠，會員獨享累計福利！

國家圖書館出版品預行編目資料

世界太精采，請你趕快站出來：30世代的勇氣與挑戰／路怡珍 著.
-- 初版 -- 臺北市：先覺，2015.09
208面；14.8×20.8公分 --（人文思潮；117）

ISBN 978-986-134-260-3（平裝）

855   104014326